Robin Fuchs, das sind Christian Handel, Jana Ronte, Nica Stevens und Andreas Suchanek. Gemeinsam schreiben die vier Autor:innen für Audible die Original-Reihe „Pech & Schwäfel".

PECH & Schwäfel

Der tote Berliner

ROBIN FUCHS

Erstausgabe März 2023

Pech & Schwäfel – Der tote Berliner

ISBN 978-3-98778-296-1
E-Book-ISBN 978-3-98778-084-4

Development Producer: Jana Ronte-Versch
Layout: © Craubner + Hartmann GmbH

Covergestaltung: Buchgewand
Umschlaggestaltung: ARTC.ore Design
Unter Verwendung von Abbildungen von
shutterstock.com: © Pictrider, © Igillustrator, © mihmihmal
Lektorat: Anne Ueltgesforth
Satz: dp DIGITAL PUBLISHERS GmbH
Druck und Bindung: Books on Demand GmbH, Norderstedt

Prolog

Der muffige Geruch des giftgrünen Filzteppichs stieg ihm in die Nase. Bei jedem Schritt löste sich Staub, wurde aufgewirbelt und flirrte im Licht der altersschwachen Glühbirnen. Die Räder des Putzwagens quietschten, als Janis ihn durch den fensterlosen Pensionsflur zur nächsten Tür schob.

Er könnte jetzt mit seinen Freunden durch die Straßen von Köln ziehen und ein Kölsch nach dem anderen kippen. Stattdessen schuftete er sich hier den Buckel krumm für seinen Onkel.

Bei dem Gedanken trat Janis gegen den seitlich eingesetzten Putzeimer. Es platschte, Seifenwasser schwappte über den Rand und verteilte sich auf seine neuen Sneaker. Wütend fluchte er. An welchem Punkt war eigentlich alles schiefgelaufen?

Hier benötigte es sowieso weitaus mehr als eine Putzkolonne. Eine Abrissbirne wäre hilfreicher für diese heruntergekommene Pension. »Ich musste mir mein Geld in den Semesterferien auch verdienen«, äffte er seinen Onkel nach. Er hasste ihn für solche Sprüche. »Und an Karneval ist es doch immer dasselbe, da ist sowieso niemand an der Uni.«

Janis schob den Wagen mit eingelassenem Müllsack, Wischmopp, Mini- Seifen für das Bad und allerlei sonstigen Reinigungsutensilien – von deren Existenz er eigentlich nie etwas hatte wissen wollen – weiter über den Gang. Vorbei an der braunen Wandvertäfelung aus Kunstholz und Blumenkübeln mit Plastikpflanzen. Das übergeschwappte Seifenwasser ließ er eintrocknen, schaden würde es dem Teppich nicht.

Janis Grupka würde sein klägliches Ende in der Pension seines Onkels finden, während all seine Freunde einen draufmachten und den Tag mit einer Menge Spaß im Bett ausklingen lassen würden.

An Karneval war nämlich alles möglich.

Bei dem Gedanken sank seine Laune endgültig auf arktische Temperaturen, während sein Selbstmitleid ungeahnte Höhen erklomm. Janis seufzte noch einmal tief, akzeptierte sein Schicksal und holte aus. »Zimmerservice!« Er hämmerte mit der Faust gegen die Tür. Wenigstens würde ihm ohne Feiern auch die Kotzerei am nächsten Morgen erspart bleiben.

Aus dem Zimmer kam keine Antwort.

Janis zog den Universalschlüssel aus der Tasche und öffnete die Tür. Der Gast war um diese Uhrzeit sowieso nie anzutreffen, hatte sein Onkel gesagt, da er die Pension normalerweise recht früh verließ. Nicht mal das Frühstück nahm er hier ein, was allerdings jeder nachvollziehen konnte, der hier schon einmal gegessen hatte.

Janis warf einen schnellen Blick in das Zimmer, um einzuschätzen, wieviel Arbeit auf ihn zukam.

Er erschrak, als sein Blick auf einen älteren Mann am Boden fiel. Der Hinterkopf war nur noch eine breiige Masse, Blutspritzer hatten sich über die Wand verteilt.

Janis beugte sich zur Seite und – ganz ohne, dass er auch nur an einem Kölsch gerochen hatte, kotzte er sich die Seele aus dem Leib.

1. Kapitel

Das Chaos war über Niederteerbach hereingebrochen und verschonte niemanden.

»Guten Morgen Frau Pech«, wurde sie von ihrem Kollegen Lukas Yilmaz begrüßt. Seine Uniform saß wie immer perfekt und er wirkte, als habe er ein überdimensioniertes Lineal verschluckt, so kerzengerade hielt er sich.

»Hmhm«, grummelte sie zurück und warf seiner aufgesetzten Clownsnase einen skeptischen Blick zu.

Auch die Luftschlangen, die über der Deckenlampe und dem Stuhl hingen, waren gestern noch nicht hier gewesen.

»Ich war dagegen«, verteidigte er sich sofort. »Die Dienstvorschriften ...« Maike winkte ab. »Sehe ich so aus, als stehe mir gerade der Sinn nach Dienstvorschriften?«

Er wusste mittlerweile, dass es ein schlechtes Zeichen war, wenn sie rhetorische Fragen stellte. Weshalb er das einzig Richtige tat und schwieg.

Sie betrat ihr Büro, das eher einem Schuhkarton glich und in dem sich nicht einmal das Fenster vernünftig öffnen ließ. Am liebsten hätte sie Lukas auf den Innenarchitekten gehetzt, damit er ihm einen Tag lang die Bauvorschriften rezitierte. Man konnte nicht einfach eine Rigipswand einziehen und aus einem Büro zwei machen. Das wusste sogar sie. Vor allem nicht, wenn diese Wand in der Mitte des Fensters endete.

»Was machen Sie überhaupt hier?«

Er deutete auf ihren Schreibtisch, auf dem ein Teller stand. »Gabi hat heute Berliner mitgebracht, und ich habe Ihnen einen gesichert.«

»Also, das ist ja nett.« Ihre Laune ging von tiefster Nacht in Morgendämmerung über.

Wie immer, wenn ein süßes Teilchen in Sichtweite lag.

Das silberne Hütchen mit den roten Punkten, das neben dem Teller stand, ignorierte sie dagegen entschieden.

Lukas freute sich sichtlich und straffte seine Schultern. »Die Bürgermeisterin ist auch gerade nebenan.« Er deutete mit dem Daumen auf die Rigipswand, hinter der Stimmengemurmel erklang.

Maike schickte ein Stoßgebet zum Himmel, dass ihr wenigstens noch ein paar Minuten Ruhe vergönnt waren. Sabine Graefe war ein politischer ICE, der ständig auf Höchstgeschwindigkeit lief und nur ein Ziel kannte: Wählerstimmen einfangen. Und ihr neuestes Projekt war jene Person, die erst kürzlich erfolgreich einen alten Mordfall aufgeklärt hatte: Maike.

Sie griff nach dem Berliner und biss herzhaft hinein. Die Erdbeermarmelade schoss wie eine Fontäne heraus und verteilte sich auf ihrem Pulli.

»Der Bäcker benutzt sehr viel ... also, Marmelade«, sagte Lukas stockend.

»Ach, wirklich? Das haben Sie jetzt aber gut beobachtet.« Maike überdachte ihr freundschaftliches Verhältnis zu Berlinern, während sie ein Taschentuch aus ihrer Jeans zog und notdürftig die klebrige Masse entfernte.

»Na sowas, Frau Kriminalhauptkommissarin.« Die Bürgermeisterin stockte, ihr Blick fiel auf den mittlerweile verschmierten Marmeladenfleck. »Hat es denn wenigstens geschmeckt?« Sie betrat das Büro wie stets mit der Absicht, zum Fokus aller Anwesenden zu werden.

»Sie hat zu fest hineingebissen«, erklärte Lukas.

»Wer hat zu fest gebissen?« Gabi steckte den Kopf durch die Tür.

»Ach, das tut mir aber leid. Ich hole gleich was zum Wischen.«

Es musste an der Aussicht auf den nahenden Ruhestand liegen, dass Polizistinnen und Polizisten ab fünfzig einen geradezu manischen Elan entwickelten.

»Das ist wirklich nicht nötig«, rief Maike.

Doch von Gabi war bereits nichts mehr zu sehen.

»Wo wir gerade so nett zusammenstehen, wollte ich mich unbedingt mit Ihnen unterhalten.« Die Bürgermeisterin verfiel in diesen vertraulichen Ton, sodass sich jedes einzelne Nackenhaar von Maike einzeln aufstellte und Achtung, Gefahr signalisierte. Die Graefe-Lösung hatte sich mittlerweile in ihre Alpträume geschlichen. »Aha?«

»Es gibt nämlich eine tolle Gelegenheit.«

»Schon wieder?«

»Unser Niederteerbacher Volksblatt möchte einen weiteren Artikel über Sie bringen – das hatte ich ja bereits angekündigt. Dieses Mal aber mit einer sehr persönlichen Note. Und nun raten Sie mal worüber.«

»Also, das ist ganz schlecht, da kann ich nicht«, sagte Maike im Reflex.

»Wie bitte?« Die Bürgermeisterin wirkte für einen Augenblick pikiert, dann lag das Lächeln wieder wie eine astreine Botoxinjektion auf ihrem Gesicht.

»Das kriegen wir zeitlich schon hin. Und aktuell ist doch nicht viel los.« Im Stillen betete Maike für einen Mord.

Gabi steckte erneut den Kopf in den Raum. »Da gab es wohl gerade einen Mord beim Raibach.«

»Nein! Das tut mir jetzt leid, Frau Graefe, aber da muss ich direkt los.«

»Beim Raibach«, wandte die Bürgermeisterin sich sofort Gabi zu.

»Wissen wir da schon Näheres?«

»*Wir* fahren da jetzt erstmal hin und *wir* halten uns an das Dienstgeheimnis.«

Sie warf Lukas einen auffordernden Blick zu, doch im Beisein der Bürgermeisterin schwieg er eisern, der kleine Feigling. Da gab es plötzlich keine Dienstvorschriften und Paragraphen mehr, die er doch sonst so gerne zitierte.

Ein weiterer Blick in seine Richtung, und er trabte aus dem Raum, Maike folgte ihm.

»Männliche Leiche, älterer Herr«, rief ihnen Gabi hinterher. »Mehr hat der Anrufer nicht gesagt.«

Was bedeutete, dass es sich auch um einen Unfall handeln konnte. Da reichte schon ein kurzer Schock, der Junior fand den Opa leblos neben einer umgefallenen Vase, und es hieß Mord.

»Wo genau fahren wir hin?«, fragte Maike.

»Der Raibach hat die einzige Dorfpension. Hauptstraße runter und dann links, ein Stück hinterm Friedhof. Da brauchen wir zu Fuß fünfzehn Minuten.«

Maike vergegenwärtigte sich die Umgebung, und ihr kam ein Gebäude mit 70er-Jahre-Fassade in den Sinn. In Niederteerbach gab es überraschend viele hässliche Häuser, und sie verdächtigte ein und denselben Architekten, dafür verantwortlich zu sein.

»Und da wohnen tatsächlich Leute?« Nicht mal ihren schlimmsten Feind würde sie dort in ein Zimmer stecken.

»Gibt halt sonst nichts. Und gerade im Moment ist in und um Köln alles ausgebucht wegen Karneval.«

Sie stiegen die Treppen hinunter und traten auf die Straße hinaus. Niederteerbach war ein verschlafenes Dorf, was Maike vom Augenblick ihrer Ankunft an sofort realisiert hatte. Wer konnte, ging in den Fluchtmodus. Davon war sie überzeugt. Doch um die Karnevalszeit schien diese Regel außer Kraft gesetzt zu sein.

Überall waren Menschen zu sehen, die meisten in irgendeinem Kostüm und schon oder mittlerweile wieder betrunken.

Sie gingen über den Parkplatz zum Dorfplatz. Hier war es noch schlimmer. Alle Altersgruppen und Geschlechter hatten über Nacht den Verstand verloren.

»Haben wir überhaupt genug Ausnüchterungszellen?«, fragte Maike.

»Aber wir stecken da doch niemanden über Karneval rein«, sagte Lukas.

»Das sind ja ganz neue Töne.«

Er seufzte. »Die Gabi war da eindeutig. Sie hat da im Subtext ...«

»Gedroht?« Maike grinste.

»... ihre Position verdeutlicht. Und ich habe ihr zugestimmt. Unter Protest.« Lukas räusperte sich und zupfte bei diesen Worten an seinem Kragen.

Von weitem sah Maike Horst, der auch nicht wirklich ausgenüchtert wirkte. Hatte er die Nacht etwa nicht an seinem Lieblingsort verbracht – in seiner Arrestzelle? Karneval brachte die schlimmsten Dinge in den Menschen hervor.

»Einfach schrecklich«, sagte Lukas.

In diesem Augenblick begriff Maike, dass sie Leidensgenossen waren. Als Kölner war er vermutlich durchaus ein Freund von Karneval, aber das Missachten der Vorschriften war niemals akzeptabel.

»Wir schaffen das.« Sie tätschelte ihm den Rücken. »Jetzt haben wir ja erst mal was zu tun.«

Die Hauptstraße entlang ging es in Richtung Friedhof. Immerhin lag die Pension Raibach so nah, dass sie die Strecke tatsächlich zu Fuß zurücklegen konnten. Der Friedhof wirkte verschlafen wie immer und schien der einzige Rückzugsort vor den Jecken zu sein. Vielleicht ein kleiner Spaziergang in der Mittagspause zwischen dichten Buchen an Gräbern entlang?

Maike schüttelte sich.

Was machte der Karneval nur mit ihr?

»Da vorne.« Lukas deutete in die vermutete Richtung.

Neben der Eingangstür hing ein Glaskasten, in dem die Pensionspreise auf vergilbtem Papier geschrieben standen.

»War mal ein Restaurant«, erklärte er.

»Woher wissen Sie das?«, fragte Maike.

»Haben Sie den Stadtführer nicht gelesen, den Gabi Ihnen als Willkommensgeschenk hingelegt hat«, erkundigte sich Lukas. »Da steht alles drin.«

»Also dieser Raibach hat ja heftige Preise«, überging sie die Frage geflissentlich und betrachtete stattdessen die Karte in dem Glaskasten intensiver. So weit käme es noch, dass sie an ihrer neuen Dienststelle einen Reiseführer las. »Das sind dann wohl Karnevalspreise.«

Sie stiegen drei unebene Stufen hinauf, Lukas öffnete die Tür und sie traten ein. Hinter einem schweren Vorhang, der ein Halbrund bildete, erwartete sie schummriges Dämmerlicht und der Geruch nach muffigem Teppich in Morgenkälte.

»Heimelig.« Maike sah sich um.

Hinter der Rezeption saß ein junger Kerl, keinesfalls älter als zweiundzwanzig. Sein dunkles Haar stand wuschelig in alle Richtungen ab, das Shirt hing an seiner schlaksigen Gestalt.

»Sie sind ...«, begann Maike.

Der Angriff erfolgte aus dem toten Winkel eines angrenzenden Raumes. »Raibach. Tobias Raibach. Endlich sind Sie hier!«

Kleine Schweinsäuglein blitzten hinter einer Drahtgestellbrille hervor. Ein Wunder, dass der Bierbauch Maike nicht kurzerhand in die Ecke katapultierte, so nah kam er ihr. Zigarettenatem umwölkte sie.

»Kriminalhauptkommissarin Pech, das ist mein Kollege, Polizeikommissar Yilmaz.«

»Ich weiß natürlich, wer Sie sind. Stand doch alles in der Zeitung über diese Sache mit der Leiche in der Wand.« Sein Blick richtete sich auf den Marmeladenfleck.

»Und Sie haben jetzt auch eine?«, fragte Maike.

»Was?«

»Eine Leiche?« Sie betonte die Worte, um seine Aufmerksamkeit wieder auf die wichtigen Dinge zu lenken.

»Oh, richtig, richtig.« Raibach deutete zur Treppe. »Mein Neffe, Janis, war das. Also das Finden, nicht das ... Sie wissen schon.« Raibach deutete einen Schlag an. »Er verdient sich hier etwas dazu, studiert Philosophie. Kann er schon mal sehen, was die Zukunft bereithält. Schlecht bezahlte Jobs oder Arbeitslosigkeit. Er hat die Leiche, also den Toten gefunden.« Maike warf dem Studenten einen kurzen, mitleidigen Blick zu, bevor sie alle gemeinsam die Treppe erklommen. Der junge

Mann wirkte bleich und zittrig, das Erlebnis hatte ihn eindeutig mitgenommen. Es war etwas anderes, im wahren Leben mit einem Toten konfrontiert zu werden, als im Film. Gerüche, der Anblick, die ganze Situation konnten selbst eine abgehärtete Person aus der Bahn werfen.

Der eingezogene Teppichboden erinnerte Maike an den verfilzten Teppich ihrer alten Schule. Die Wandvertäfelungen waren eindeutig Zierholz, und es gab zu wenig Lampen hier oben. Über allem lag ein muffiger Geruch.

»Wie viele Zimmer vermieten Sie hier?«, fragte sie.

»Zwei im Erdgeschoss und dann noch mal jeweils vier auf den beiden darüberliegenden Stockwerken.«

Lukas zückte sein Notizheft und schrieb mit, Maike konzentrierte sich auf die Beobachtung.

»Dort, ganz am Ende hat er gewohnt.« Raibach deutete in den Gang und stapfte darauf los. »Wir kriegen das doch schnell geklärt, ja?«

»Na jetzt schauen wir erst mal, was Sache ist, bevor ihr Neffe erneut den Wischmopp schwingen darf.« Auf das hoffnungsvolle Leuchten in den Augen des Pensionswirtes ergänzte sie: »Das war ein Scherz.«

»Natürlich.« Er lachte künstlich.

Sie erreichten die Tür, die noch immer offenstand.

Der Raum entpuppte sich als genauso hässlich, wie der Rest des Gebäudes. Risse in der Wand und ein verschlissener Teppich, dahinter eine graue Gardine. Der Tote lag der Tür abgewandt und dem gegenüberliegenden Fenster zugewandt. Maike zog ein Paar Gummihandschuhe und Füßlinge aus der Tasche, streifte beides über und trat ein.

»Hat einer von Ihnen etwas hier drin bewegt oder berührt?«, fragte sie.

»Käm' mir nicht in den Sinn. Ich habe nichts angefasst«, antwortete Raibach nachdrücklich.

Janis schüttelte schweigend den Kopf, deutete aber auf einen größeren Fleck in der Ecke. »Tut mir leid.«

Maike warf nur einen kurzen Blick auf das Erbrochene. Die Fleischbrocken waren eindeutig. »Fressoase? Currywurst?«

Janis nickte und wirkte dabei, als wolle er sich direkt noch einmal übergeben.

Maike ging neben der Leiche in die Hocke und betrachtete sie eingehend. Der Mann lag auf dem Bauch, die Kopfwunde befand sich auf der Rückseite des Schädels. »Tod durch externe Gewalteinwirkung.«

Sie nickte Yilmaz auffordernd zu, der sofort sein Diensthandy zog, auf den Gang trat und telefonierte. Hier musste die Spurensicherung ran, bevor sie den Toten bewegte.

Die Kleidung bestand aus einem karierten Hemd und Stoffhosen, dazu einfache Halbschuhe. Das dunkle Haar war kurzgeschnitten. Der Unbekannte trug einen Ehering an der linken Hand, darüber hinaus keinen Schmuck.

»Wann haben Sie ihn denn gefunden?«, fragte sie.

»Vor einer Stunde etwa«, sagte Janis mit kratziger Stimme.

»Sie will die Uhrzeit wissen!«, patzte Raibach.

»So kurz nach Elf.« Der Student kratzte mit der Spitze seiner Turnschuhe auf dem Boden wie ein ertapptes Kind.

»Lassen Sie mich raten, 11.11. um 11:11 Uhr.« Vermutlich war der arme Kerl an einer Karnevalsüberdosis gestorben.

»Was?! Du solltest um sieben anfangen! Bevor die ersten Alkoholleichen zurück sind, die fangen doch schon Tage vor dem offiziellen Start mit dem Feiern an.« Er wandte sich Maike zu. »Die meisten Gäste hier sind Kerle. Die kommen zur Karnevalszeit hierher, reißen sich irgendwo was auf und übernachten auswärts. Keine Ahnung, warum die das nicht einfach hier erledigen.«

»Ja, warum nur.« Maike hatte da eine genaue Vorstellung, wenn sie die klamme Bettwäsche und die Kulisse als Ganzes betrachtete.

Der Tote hatte die Nacht dagegen eindeutig hier verbracht, Decke und Kissen waren zerwühlt. Auf einem kleinen Beistelltisch standen eine benutzte Tee- und Kaffeetasse. Daneben eine Aktentasche. Maike machte ein paar Aufnahmen mit ihrem Diensthandy und öffnete dann die Tasche. Doch das Innere war leer. Auch sonst gab es keinerlei Unterlagen.

Maike legte sich auf den Boden – was ein gehöriges Maß an Überwindung erforderte – und begutachtete die Unterseite des Bettes. Dort lag etwas. Kantig, aus Holz.

Neben ihr tauchte der Kopf von Raibach auf, auch er hatte sich auf den Bauch gelegt. »Ah, da ist sie.«

»Sie?«

»Die ist aus einem vielköpfigen Set«, erklärte er. »Alle Ministerpräsidenten von NRW als handgefertigte Holzbüsten und Frau Kraft. 1960 bis heute. War total billig, hat aber Wirkung.«

»Und ist vermutlich unsere Tatwaffe.« Maike verzichtete darauf, unter das Bett zu kriechen, da musste auch die Spusi ran. »Welcher Ministerpräsident hat den armen Kerl denn das Leben gekostet?« Raibach blickte mit gerunzelter Stirn in die Dunkelheit. »Bin mir nicht mehr sicher. Kraft oder Laschet. Weißt du das noch?«

Janis schüttelte den Kopf.

Maike erhob sich und trat an die kleine Küchenzeile. Es gab einen Wasserkocher, der zur Hälfte gefüllt war. Kalk hatte sich zu einer weißen Krustenschicht abgelagert. Daneben stand eine alte Senseo, wie sie selbst eine besaß – allerdings hatte der Raibach noch eine schwarze erwischt. Ihre war pink aus dem Schlussverkauf. Vielleicht konnte sie beizeiten beide unauffällig austauschen? Sie verwarf den Gedanken. Die Pads waren in einem runden Metallgefäß gestapelt.

»Gut, dass die alle an Karneval im Voraus zahlen müssen«, sagte Raibach zufrieden. »Das hätte böse ausgehen können.« Maike wandte sich ihm zu und ließ eine Braue in die Höhe wandern.

»Ich mein ja nur«, sagte er kleinlaut.

»Jetzt gehen Sie doch mal nach unten und holen uns die Kontaktdaten, die der Tote hinterlassen hat«, forderte sie ihn auf. »Dann sind wir schneller, und Sie haben ihr Zimmer bald wieder.«

Die Aussicht ließ Raibach sogar vergessen, dass er seinen Neffen hätte schicken können. Er eilte davon.

Lukas schob gerade sein Handy in die Tasche. »Pöller lässt grüßen, er ist unterwegs. Staatsanwalt Grasso ebenfalls.«

In Kürze würde es hier also von Männern und Frauen in Weiß wimmeln, die nach DNA-Spuren suchten, Fingerabdrücke nahmen und Raibach auf kleiner Flamme köcheln ließen. Der Gedanke hatte was.

Maike überprüfte noch das Fenster. Es war verschlossen und wies keine Einbruchspuren auf. Da es sich mit der Tür genauso verhielt, ging sie davon aus, dass Täter und Opfer sich kannten.

»Hoffentlich nicht schon wieder die Ehefrau. Es ist ständig die Ehefrau«, murmelte sie.

Immerhin die Schwiegermutter ließ sich ausschließen. Legte sie das Alter des Toten zugrunde, dürfte die längst nicht mehr am Leben sein.

Gemeinsam mit Lukas trat sie auf den Gang.

»Haben Sie hier ein Plätzchen, an dem wir uns unterhalten können?« Maike verzichtete absichtlich auf den Zusatz ›gemütlich‹.

Janis schluckte und nickte. Vermutlich sehnte er sich gerade nach Ruhe und einem Kölsch. Ihr ging es genauso.

Vom anderen Ende des Ganges kam Raibach herbeigeeilt, einen Zettel in der Hand. »Ich habe die Unterlagen.«

»Ganz ausgezeichnet«, lobte Maike. »Lukas, geben Sie das Gabi durch, die soll schon mal die Personalien prüfen. Gehen wir nach unten und unterhalten uns.«

Raibach keuchte noch immer, als habe er gerade einen Marathon absolviert. »Wieder nach unten?«

Mit einem Lächeln zog Maike sich die Gummihandschuhe aus und setzte sich in Bewegung.

2. Kapitel

»Wollen Sie einen Kaffee?«, fragte Raibach.

Maike saß auf dem braunen Klappplastikstuhl, der bei jeder Bewegung wackelte und klammerte sich an die Hoffnung, dass er nicht zusammenbrechen würde. Die rot-weiß geblümte Tischdecke war mit durchsichtigem Plastik überzogen, in der Luft lag der Geruch von Essigreiniger.

»Klar, gerne«, erwiderte sie. Lukas lehnte ab.

Raibach eilte davon, worauf Maike sich endlich Janis widmen konnte. Er saß zusammengesunken auf dem Stuhl, den Blick ins Nichts gerichtet. Immer wieder knabberte er an seiner Unterlippe.

»Kommen Sie klar?«

Er nickte und kam wieder ins Hier und Jetzt. Auf Nachfrage reichte er Lukas seinen Ausweis, damit dieser die Personalien aufschreiben konnte. Kaum war das erledigt, kehrte Raibach zurück. Er stellte eine weiße Tasse vor Maike ab, aus der

Dampfschwaden aufstiegen. Ein Löffel steckte darin, Milch und Zucker fehlten. »Macht 3,90 Euro.«

»Wie bitte?« Sie hatte die Hand gerade nach der Tasse ausgestreckt.

»Der Kaffee.« Raibach nickte eifrig. »Ich kann den ja nicht einfach so verschenken.«

Maike warf ihm einen Blick zu, wie einem Verdächtigen im Verhörraum.

»Ihr Notausgang ist schon ausgeschildert, ja?«

»W... was?«

»Die Wartung des Feuerlöschers war wann? Ich habe da einen Kollegen.«

Raibach gab auf, sank ebenfalls auf einen Stuhl und schwieg.

»Schön, wo wir jetzt alle hier so nett zusammensitzen ...«

Sie schob Janis die Kaffeetasse zu. Er brauchte ihn dringender. »Was können Sie mir über den Toten erzählen?«

»Ein komischer Schnösel, dieser Lothar Albrecht«, sagte Raibach sofort.

»Kam hier vor zwei Tagen an, direkt aus Berlin. Hab ein wenig mit ihm plaudern wollen, wie man das halt so macht. Hat aber kaum was gesagt. Wollte das Zimmer für fünf Tage buchen. Frühstück inklusive, hat aber immer auswärts was geholt.«

Was für einen ausgeprägten Überlebenswillen des Mannes sprach. Auf das einsetzende Schweigen wandte sich Maike an Janis. »Haben Sie dem noch etwas hinzuzufügen?«

»Neee. Jaaa. Irgendwie.«

»Soll die Frau Hauptkommissarin sich jetzt die Antwort aussuchen, oder was?«, schnauzte Raibach seinen Neffen an.

»Red halt.«

»Ich habe ja sauber gemacht. Also auch gestern schon. Und er saß im Zimmer, als ich geklopft habe. Hat dann schnell etwas vom Tisch zusammengefaltet, was aussah wie ’ne Akte. Aber alt, weil sie total vergilbt war.«

»Was stand denn da drin, in der Akte?« Raibach zog den Kaffee zu sich herüber und trank einen Schluck, während er gebannt an den Lippen seines Neffen hing.

Maike verdrehte die Augen. Da sie die Frage aber ebenfalls hatte stellen wollen, schenkte sie Janis lediglich einen auffordernden Blick.

»Keine Ahnung. Ich glaube, es war ihm unangenehm, dass ich die überhaupt gesehen habe. Der stand dann in der Ecke, hat genau beobachtet, wie ich putze. Und ständig an seinem Ehering gedreht hat er. Er wirkte nervös.«

»Du hast dir hoffentlich Mühe gegeben«, sagte Raibach. »Beim Putzen, meine ich. Wobei, er kann ja jetzt keine Onlinebewertung mehr abgeben.«

»Gab es sonst noch etwas, das Ihnen aufgefallen ist? Etwas Ungewöhnliches?«, fragte Maike mit erzwungener Ruhe weiter.

Raibach setzte zum Sprechen an, schwieg dann jedoch.

»Ja, Herr Raibach?«, hakte Maike nach.

»Also nicht, dass Sie jetzt irgendwas Komisches von mir denken ...«

»Käm mir nie in den Sinn.«

»Aber als ich da so den Gang entlang gegangen bin, gestern Abend. Eigentlich in der Nacht, da habe ich etwas gehört.«

Maike verzichtete auf die Frage, ob der Pensionswirt öfter einen nächtlichen Spaziergang durch die Pensionsflure unternahm. Die Antwort konnte sie sich sowieso bereits denken. Die Neugierde stand ihm ins Gesicht geschrieben. Sie konnte nur wiederholt daran denken, dass sie nicht einmal ihrem schlimmsten Feind in dieser Spelunke ein Zimmer buchen würde.

»Er hat sich unterhalten«, sagte Raibach gewichtig.

»Und das sagen sie jetzt erst?! Worüber?«

»Konnte ich nicht verstehen. Diese Türen dämpfen stärker, als man glaubt. Dabei waren sie echt günstig. Also ich habe extra das Ohr angelegt, hatte aber leider kein Glas mit.«

Maike war sicher, dass sie hier niemals ein Zimmer beziehen würde. »Das ist natürlich traurig, man sollte immer ein Glas dabeihaben.«

»Ich merke schon, Sie verstehen mich, Frau Kriminalhauptkommissarin. Schließlich muss ich als Verantwortlicher für meine Pension jederzeit wissen, was hier vor sich geht. Nicht, dass hier noch jemand ... nun ja, also ...«

»Umgebracht wird?«, half Maike aus.

»Na ja, schon halt ... irgendwie. Aber was hätte ich tun sollen?« Raibach trank erneut einen Schluck.

»Hat er denn mit einem Mann oder einer Frau gesprochen?«

»Definitiv ein Mann. Möglicherweise auch eine Frau.« Der Pensionswirt nickte nachdrücklich. »Die Stimme war auf jeden Fall tief.«

»Um wieviel Uhr war das?«

»Das war 22 Uhr. Ich bin dann leider dummerweise mit der Schulter gegen die Tür gestoßen. Als es dann still wurde, bin ich direkt wieder nach unten gegangen. Hab mich an die Theke gesetzt. Aber da kam niemand.«

»Wie? Da kam niemand?«

Mit einem Mal bekam der hypothetische Notausgang eine völlig neue Bedeutung. Hier gab es nicht viele Möglichkeiten, die Pension zu verlassen.

»Ich weiß genau, was Sie denken.« Raibach wirkte mit sich und der Welt zufrieden. »Es gibt hier nur noch einen weiteren Ausgang – das ist quasi auch direkt der Notausgang. Mit Brandschutztür!«

»Das wird die Spurensicherung sich anschauen.« Bei diesen Worten knabberte Janis schuldbewusst an der Lippe und senkte seinen Blick auf den Boden. Maike benötigte einen Augenblick, bis sie begriff. Plötzlich nahm sie den Essiggeruch ringsum deutlich penetranter wahr als zuvor.

»Wie genau und in welcher Reihenfolge haben Sie hier alles geputzt?«, fragte sie.

»Immer zuerst den Frühstücksraum, dann die Gänge und abschließend die Zimmer. Die Oberflächen werden vollständig abgesprüht.« Es klang auswendig gelernt.

»Habe ich ihm beigebracht«, sagte Raibach stolz.

»Die Notausgangstür?«, fragte Maike in der Gewissheit, dass sie gleich etwas hören würde, was ihr gar nicht gefiel.

Janis nickte.

»Du hast die Notausgangstür geputzt?!«, brüllte Raibach.

»Du sagst jeden Tag, dass du Perfektion erwartest.«

»Man kann es auch übertreiben«, stellte der Pensionswirt halb anklagend an seinen Neffen, halb entschuldigend in Richtung Maike, klar. »Das ist Verschwendung von Putzmittel. Die Tür benutzt doch niemand.« Stimmengewirr war zu hören, als mehrere Personen die Pension betraten. Da der Frühstücksraum direkt in den Empfangsbereich überging, waren die Besucher kurz darauf zu erkennen. Alle in weißen Anzügen, Gummihandschuhen und Stiefeln.

Der siebenundfünfzigjährige Walter Pöller hatte sein dunkles Haar unter einen Haarschutz gezwängt. Aus dem üblichen Dreitagebart war eher ein Fünftagebart geworden.

»Hallo, Herr Pöller.«

»Ah, Frau Kriminalhauptkommissarin. Wo dürfen wir uns denn ausbreiten?«, fragte er in seinem typischen Kölner Dialekt.

»Erstes OG. Vollständig absperren und wir brauchen eine Untersuchung des Notausgangs. Vermutlich ist die tatverdächtige Person dort nach draußen gelangt.«

Raibach rief ihnen noch die Zimmernummer zu.

»Kriegen wir hin.« Pöller gab seinen Leuten ein Zeichen, dass sie sich in Bewegung setzen sollten.

Fast im gleichen Atemzug betrat auch Staatsanwalt Sandro Grasso die Pension. Er sah sofort, dass Maike sich in einer Vernehmung befand und deutete nur fragend in die Höhe. Sie signalisierte ihm mit erhobener Hand das Stockwerk, worauf er nickte und nach oben verschwand. Wie immer saß sein Anzug perfekt, die Haut glänzte frisch und das dunkle Haar war perfekt frisiert.

»Wie lange wird das wohl dauern?«, fragte der Pensionswirt.

»Gut Ding will Weile haben, was?«, sagte Maike.

»Und das heißt jetzt was?«, wollte Raibach von ihr wissen.

»Tjaha, das kann ich Ihnen leider nicht sagen. Falls wir noch Fragen haben, kommen wir wieder auf Sie beide zu.« Sie schenkte Janis einen aufmunternden Blick. »Gönnen Sie sich erstmal ein Kölsch.«

Bei dem Wort ›Kölsch‹ erhellte sich die Miene des jungen Mannes. Vermutlich würde er in Kürze bei den Tachmoinern sitzen und ausgequetscht werden. Das gesamte Dorf würde ... ach, wieso gab sie sich überhaupt irgendwelchen Illusionen hin? Niederteerbach wusste längst, was Sache war.

Lukas schloss das Notizbuch, und gemeinsam verließen sie die Pension. Mittlerweile waren noch mehr Jecken unterwegs, die Maike aber ignorierte. Sie zog ihr Smartphone hervor und tippte eine kurze Nachricht an Zoe.

Du kriegst 'nen toten Berliner rein. Wurde wohl erschlagen. Du errätst nie, womit.

»Und wie machen wir das mit den Zuständigkeiten?«, brachte sich Lukas mit dem einen Wort in Erinnerung, das grundsätzlich niemals ausgesprochen werden durfte.

»Sie sind heute aber auch ein Quell der Freude.« Maike seufzte. »Aber wir kommen wohl nicht drum herum, das nach oben durchzugeben. Ich rufe gleich in Köln durch, damit Jens Bescheid weiß und die Berliner Kollegen informiert. Jemand muss ja schließlich die Wohnung von unserem Herrn Albrecht durchsuchen.«

Unweigerlich kam ihr die Zeit in Berlin wieder in den Sinn. Das typische Gefühl von Größe und Freiheit, vermengt mit urbaner Kunst, Kultur und Geschichte. Sie glaubte, den Gummigeruch der U-Bahn-Station wahrzunehmen.

Dummerweise schwang Essig darin mit.

»Ich kümmere mich darum«, versprach Maike.

Auf dem Weg zurück zur Wache meldete sich Grasso und gab offiziell die Ermittlungen frei. Damit konnte auch Zoe zur Tat schreiten.

Als sie das Büro betraten, war die Bürgermeisterin glücklicherweise ebenso wenig zu sehen wie der rasende Reporter Ingo Brandt. Auf dem Tisch ihres Büros stand ein neuer Teller, wieder mit einem Berliner. Daneben ein Zettel, auf dem in Gabis unverkennbar geschwungener Schrift stand:

Das erste Mal klappt nie so, wie es soll.

»Das ist jetzt nett«, sagte Maike.

Gleichzeitig erinnerte sie das an den verdammten Marmeladenfleck, den sie noch immer mit sich herumtrug. Sie nahm den Berliner, um hineinzubeißen.

»Frau Pech«, meldete sich Lukas von der Tür.

»Sie haben schon was?«

»Die Gabi hat mir schon ihre Ergebnisse hingelegt, sie ist wohl gerade bei Harald in der Fressoase. Ich habe Ihnen gerade eine Mail geschickt. Der Herr Lothar Albrecht hatte nämlich eine Akte.«

»Weiß ich doch. Leider konnte der Zeuge ja nicht sehen, was drinsteht.« Lukas schüttelte den Kopf. »Nein, nein, ich meinte eine Polizeiakte. Also der ist bei uns in der Datenbank.«

Maike legte von Neugier gepackt den Berliner beiseite und startete ihren Rechner. Noch während dieser hochfuhr, sank Lukas auf den Besucherstuhl.

»Es gab wohl öfter mal Pöbeleien gegen Politiker«, sagte er.

Mit Grauen dachte Maike an ihre bisherigen Erfahrungen, wenn es um Ermittlungen im linken oder rechten Milieu ging. Meist bedeutete das dreifachen Papierkram, weil sich alle Beteiligten auch wirklich absichern wollten.

»Gegen Rechts oder gegen Links?«

»Das ist jetzt wirklich interessant. Der zuständige Kommissar vor Ort in Berlin, hat dazu eine Notiz hinterlegt. Es geht um Politiker, die früher zu Zeiten der DDR in der SED waren. Aber nach der Wende wurde die Partei ja zur PDS und ist dann durch diese Fusionierung zur Linken geworden. Aber er hat wirklich nur solche angepöbelt, die bereits in der DDR politisch aktiv waren.«

»Okay, das war jetzt Parteigeschichte in Kurzfassung! Aber lassen wir es so stehen.«

Maike starrte genervt auf ihren Monitor, sie brauchte dringend einen neuen Computer, der schneller hochfuhr. »Wo hat er denn gewohnt?«

»In der Landsberger Allee, Berlin Friedrichshain.« Er nannte auch die Hausnummer.

»Das ist ehemaliger Osten. Nahe Ringbahn, ich kenne die Gegend.« Sie hatte sofort wieder die Bilder von Berlin vor Augen.

»Wo haben Sie denn gewohnt?«

»Kreuzberg. Toller Kiez. Dort ist auch mein Lieblingscafé.« Sie wischte den Gedanken sofort beiseite. »Ich telefoniere gleich mal mit Köln.« Lukas wandte sich zum Gehen. »Da wäre noch eine Sache. Der Tote war Witwer.«

»Ach. Kürzlich?«

»Steht nicht drin.«

»Den Ring tragen manche natürlich noch Jahre danach. Verbundenheit und so. Finden Sie bitte mal raus, wann die Ehefrau gestorben ist. Und danach Befragung von Gabis besserer Hälfte. Vielleicht hat Harald oder jemand in Harrys Fressoase etwas beobachtet. Oder jemand ist ständig an der

Fressoase vorbeigelaufen, das müssten unsere Tachmoiner doch wissen.«

Als Lukas den Raum verließ, vibrierte Maikes Smartphone. Zoe hatte eine Textnachricht geschickt, die mit viel zu vielen Smileys überflutet war.

Ob sie in ihrem Obduktionssaal auch Luftschlangen verteilt hatte? Sie liebte Karneval.

Habe kurz mit Pöller gesprochen, als er den Gast ablieferte. Sieht so aus, als wäre die Büste vom Laschet der Übeltäter. Das hatten wir noch nie, oder?

Maike tippte zurück:

Es gab da mal die Sache mit dem Phallus. Holzfigur. Du erinnerst dich?

Sie legte das Smartphone beiseite und griff nach dem Hörer des Dienstapparates. Die Durchwahl zu Jens hatte sie mittlerweile eingespeichert. Das Freizeichen erklang, und bereits nach wenigen Sekunden meldete sich ihr Chef.

»Kriminalkommissariat 11, Jens Breuer, Kripo Köln.«

»Deine Stimme klingt aber gar nicht gut.«

»Kümmere dich mal um ein sechs Monate altes Kind. Ich habe einfach noch nie so wenig geschlafen. Und es wird nicht besser«, erklärte Jens.

»Was gibt's?« Seine Stimme hatte einen leicht abwesenden Klang, und Maike hörte das Klicken einer Maustaste.

»Sagen wir mal so, ich hatte zuerst einen Berliner zum Frühstück und danach einen als Leiche.«

»Ich würde dir ja gratulieren, aber wir sprechen bei deinem Frühstück wohl von einem süßen Teilchen.«

»Na, da haben wir unseren Humor doch schnell wieder gefunden.« Sie berichtete kurz und knapp von dem toten Lothar Albrecht. »Und jetzt stellt sich da natürlich die Frage der Zuständigkeit.« Sie glaubte förmlich, Lukas zufrieden aufatmen zu sehen.

»Lässt sich hier wohl nicht vermeiden, aber da machen wir kein Fass auf. Ich kenne die Kollegen, die für Friedrichshain zuständig sind.«

»Dein Netzwerk kennt auch keine Grenzen. Frankfurt, Berlin ...«

»Ich kann dir da nichts versprechen, man erwischt immer mal einen Paragraphenreiter. Aber vermutlich wird denen das reichen, wenn sie irgendwie mit eingebunden werden. Soll der Kollege sich einfach hierherbewegen. Ist doch 'ne schöne Auszeit.«

»Total. Quasi ein Urlaubsparadies, unser Niederteerbach.«

»Aus dir spricht wie immer Freude und Euphorie.« Sie konnte Jens' Grinsen durch den Hörer spüren.

»Wir unterhalten uns noch einmal, sobald du mich hier besucht hast. Zoe führt gerade die Obduktion aus. Pöller und sein Team dürften auch demnächst fertig sein, aber da gab es einen übereifrigen Putzneffen ...«

»... so einen könnte ich gerade auch gebrauchen«, sagte Jens.

»... der vermutlich ein paar Spuren vernichtet hat«, sprach Maike unbeirrt weiter. »Kameras gab es natürlich auch keine in der Pension. Und da es recht spät war, ist mit Zeugen wohl auch nichts. Es wäre hilfreich, wenn die Kollegen in Berlin sich mal in der Wohnung des Toten umsehen. Letzte bekannte Adresse ist die Landsberger Allee. Akte haben die ja.«

»Ich gebe das weiter. In ein paar Stunden haben wir da sicher was. Der Kollege oder die Kollegin soll sich dann direkt bei dir melden. Halte mich auf dem Laufenden. Zoes Obduktionsergebnis wandert ja sowieso über meinen Schreibtisch.«

»Alles klar.«

»Und nur zur Sicherheit, hol dir morgen bitte keinen Amerikaner zum Frühstück. Denn wenn wir da dann auch einen finden, kann ich selbst mit meinem Netzwerk nichts mehr bei der Zuständigkeit tun.«

»Haha«, sagte Maike.

Sie beendete das Gespräch und fragte sich unweigerlich, was die Kollegen in Berlin wohl finden würden.

3. Kapitel

Zoe betrachtete den Toten und gab Maike im Stillen recht. Die Todesursache schien eindeutig. Der Hinterkopf von Lothar Albrecht war mit einem wuchtigen Schlag zertrümmert worden, die Tatwaffe bekannt. Dass Staatsanwalt Sandro Grasso eine Obduktion veranlasst hatte, war reine Formsache gewesen.

Zoe zog die Handschuhe straff, warf einen prüfenden Blick auf ihre Stiefel und den Kittel und war zufrieden. Skalpell, Rippenschere und alle übrigen Utensilien wurden soeben vorbereitet. Die elektrische Oszillationssäge stand verbunden mit dem Elektroblock in Griffweite. Der Leichnam lag auf dem Metall des Obduktionstisches. Thomas hatte die Oberfläche bereits mit der angeschlossenen Dusche abgespült und Albrecht platziert. Ein maximaler Kontrast aus klinischer Sauberkeit und totem Körper.

Der Kopf lag leicht erhöht auf einem schwarzen Plastikblock, auf diese Art konnte Albrecht auf dem Rücken liegen, die Kopfwunde war aber zugänglich. Der Organtisch verlief über die komplette Breite im Fußbereich.

»Sind wir soweit?«, fragte sie in die Runde.

»Wir sind bereit, Frau Dr. Schwäfel«, kam es sofort von Mira Tierbach. Sie war die Sektionsassistentin und damit auch Schriftführerin. Sie hatte die bekannten Daten bereits auf einem Formular notiert. Außerdem würde sie das Diktiergerät managen.

Es standen Zoe nicht immer beide Helfer zur Verfügung. War das jedoch der Fall, mochte sie die straffe Effizienz zugeteilter Aufgaben. Auf diese Art konnten sie zügig und zielführend arbeiten.

Fachlich schätzte sie die junge Kollegin sehr, obgleich sie ständig wirkte wie ein eingeschüchtertes Reh. Im persönlichen Gespräch mit Thomas – dem zweiten Arzt des Teams – hatte dieser Mira einmal tatsächlich als Reh bezeichnet. Sie hatte ihm deutlich gemacht, dass sie von derlei Vergleichen nichts hielt. Trotzdem wurde sie seitdem das Bild von Bambi im Obduktionssaal nicht mehr los.

»Alles bereit«, stimmte auch Thomas schließlich zu und nickte zufrieden. Er hatte die Geräte ausgebreitet und überprüft. Das Diktiergerät lag auf einem der seitlichen Tische, ebenso war die Organwaage eingeschaltet. Das Neonlicht flackerte, als wollten die Lampen in dem kleinen Raum damit den Startschuss geben.

»Einschalten«, bat Zoe.

Mira nickte bestätigend.

»Leitende Rechtsmedizinerin Doktor Zoe Iyeke Schwäfel, Doktor Thomas Schmitt. Schriftführung durch Sektionsassistentin Mira Tierbach.« Sie nannte das heutige Datum und hätte beinahe im Reflex ein ›Alaaf‹ ergänzt. »Obduktion von Lothar Albrecht, 68 Jahre alt. Körpergewicht beträgt 81 Kilo bei einer Größe von 1,78 Metern.« Sie berührte die Wunde am Hinterkopf und betrachtete sie aus der Nähe. »Letale Traumata an Schädeldecke aufgrund der Einwirkung eines massiven Gegenstandes. Was haben wir denn da? Pinzette.«

Thomas reichte ihr das Werkzeug und warf selbst einen Blick auf die Wunde. »Holzsplitter, etwa drei Zentimeter breit.«

»Was auf die Tatwaffe hinweist. Hierzu bitte Referenz auf die Polizeiakte ergänzen, Tatwerkzeug wurde vor Ort gefunden. Es handelt sich um eine Holzbüste.«

Sie legte den Splitter in die gereichte Metallschale. Etwas an der Wunde wirkte jedoch seltsam.

»Ich kenne den Blick, du hast etwas entdeckt«, sagte Thomas, der sie mittlerweile viel zu gut kannte.

Zoe musste unweigerlich lächeln. »Die Traumata am Schädel sind vielfältig und wenn ich mir die Bruchstellen genau ansehe, deutet das für mich darauf hin, dass mehrfach zugeschlagen wurde. Allerdings aus unterschiedlichen Winkeln.«

Sie gab Mira ein Zeichen, die Aufnahme kurz zu stoppen. Es gab zahlreiche Kollegen, die das anders sahen und über Knochensäge hinweg in das Mikro brüllten. Sie war hier flexibler. Sobald sie mit dem Team Thesen in der Sherlock-Watson-Runde besprach – was immer mal wieder geschah – sollten diese natürlich nicht Eingang in das Protokoll finden.

»Der erste Schlag hat ihn auf die Bretter geschickt«, sagte Thomas in seiner typisch schnoddrigen Art. Die Nickelbrille saß unverrückbar auf seiner Nase, zwischen seinen kurzgeschorenen braunen Haaren glänzte die sichtbare Kopfhaut im Neonlicht. »Wenn ich das Alter zugrunde lege, war er auf jeden Fall bewusstlos. Das wäre eine Gehirnerschütterung gewesen.«

»Aber der zweite Schlag kam aus einer anderen Richtung.« Zoe schüttelte den Kopf, den Blick auf die Wunde gerichtet. »Wenn der Täter oder die Täterin hinter ihm stand und nach dem ersten Schlag in die Hocke ging, weshalb dann der Richtungswechsel?«

»Es lag Zeit dazwischen«, schlug Thomas vor. »Das hatten wir doch schon mal bei diesem Fall mit dem Broker, der Insiderhandel betrieb.« Zoe erinnerte sich. Damals hatte der Täter – wie sich nach dem Verhör herausstellte – sein Opfer niedergeschlagen. Im Anschluss war es erst einmal um dessen mitgeführte Akten gegangen. Als das Opfer stöhnend zu sich kam, hatte der Mörder erneut zugeschlagen. Aber seitlich.

»Ja. Das passt.« Zoe nickte.

Sie gab Mira ein Zeichen, das Diktiergerät wieder anzuschalten, und legte exakt den Winkel der beiden Bruchstellen dar. Von der Wunde aus ging die Suche weiter. Alle Extremitäten wurden untersucht, danach folgte die Öffnung von Kopfhöhle, Brusthöhle und Bauchhöhle. Jeder Kollege hatte sein persönliches Muster der Reihenfolge, seinen eigenen Takt, der sich über die Jahre entwickelte.

Sie öffnete die Augen des Toten und leuchtete in den bereits geöffneten Mund. »Ach, du liebe Zeit.«

»Rötung der Bindehaut.« Thomas sprach laut aus, was sie sah. »Die Schleimhäute sind gereizt.«

Zoe erinnerte sich an einen tragischen Fall, bei dem eine Fitnessfanatikerin Apfelkerne in Masse zerkleinert und oral eingenommen hatte. Da sie zudem an Magersucht litt, ihr Körper also anfällig für jede Art von Belastung war, starb sie an der freigesetzten Blausäure. Diese war in Apfelkernen zwar nur minimal vorhanden, da musste man schon pfundweise welche öffnen, aber es kam eben doch vor.

»Das ergibt keinen Sinn«, sagte Zoe. Mira schaltete das Diktiergerät wieder ab.

»Vielleicht hat er versehentlich etwas zu sich genommen«, überlegte Thomas, klang aber nicht sehr überzeugt.

»An dem Tag, an dem er umgebracht wird?« Zoe schüttelte den Kopf.

»Da würde ich eher sagen, dass er vorsätzlich vergiftet wurde. Oder er hat vor Ort etwas gegessen, das nicht gut war. In dieser Pension Raibach wurde auch ein Frühstück angeboten.«

Andererseits hätte das bedeutet, dass noch mehr Personen das Zeitliche gesegnet hätten. Maike hatte nichts davon erwähnt.

»Das wissen wir genauer, sobald der Mageninhalt im toxikologischen Labor untersucht wurde«, sagte Zoe.

»Ich bin keine Spezialistin für Blausäure, aber die kann auf jeden Fall eingeatmet, oral aufgenommen oder injiziert werden.«

Die Kollegen der forensischen Toxikologie würden Blut-, DNA-Proben und den Mageninhalt später zwei Türen weiter im Labor untersuchen.

Doch warum sollte jemand einen Mann bewusstlos schlagen, ihm danach Blausäure einflößen, nur um dann ein zweites Mal zuzuschlagen?

Sie bedeutete Mira, das Diktiergerät wieder einzuschalten. »Ich beginne mit der Sezierung an ...«

»Was ist das denn?« Thomas hatte den Körper weiter untersucht und beugte sich gerade mit gerunzelter Stirn über den linken Fuß.

Zoe nickte Mira zu, die das Diktiergerät wieder ausschaltete. Sie musste die Aufnahme am Ende unbedingt noch einmal anhören. Am besten kümmerte sie sich selbst um die Abschrift. Was sie erneut daran erinnerte, dass sie endlich einen digitalen Protokoll-Assistenten benötigten, der Sprache sofort in Text umwandelte.

»Was hast du entdeckt?«

Der Tote war vollständig bekleidet am Tatort gefunden worden. Deshalb hatte Zoe den Körper zwar abgesucht, jedoch nicht vermutet, etwas Außergewöhnliches zu finden.

»Eine Einstichstelle.«

Zoe betrachtete den Punkt genauer. Jemand hatte die Hornhaut an der Ferse durchstochen, was kaum sichtbar war. Direkt neben der perforierten Haut hatte sich eine körnige Substanz abgelagert.

Thomas war bereits zum Tisch geeilt und brachte ihr Wattestäbchen mit zugehörigem Glas. Sie strich die unbekannte Substanz vorsichtig ab und steckte das Stäbchen dann dazu in das Glasgefäß. Er verschraubte es.

»Ich will ein *vollständiges* toxikologisches Gutachten«, wies sie Mira für die Notizen an. »Bitte

Hinweis auf potenziell toxikologische Indikation.«

Die Einstichstelle deutete darauf hin, dass hier eine Injektion mit einem Gift stattgefunden hatte, Zoe ging von Blausäure aus. Da Lothar Albrecht vermutlich bereits in der vergangenen Nacht gestorben war, bestand keine Gefahr mehr. Das Gift war zersetzt.

Problematisch wurde es für Ersthelfer, wenn sie ein Opfer vor Ort behandelten. Denn ausgeatmete Blausäure konnte durchaus andere Anwesende vergiften. Wäre Albrecht früher gefunden worden und würde sich der Blausäure-Verdacht bestätigen, hätte das weitere Leben kosten können.

Zoe schluckte schwer, als sie an Maike dachte. Sie wollte sich nicht vorstellen, auch sie zu verlieren. Es reichte ihr, dass sie nie wieder Billies fröhliches Lachen erleben durfte.

»Alles in Ordnung?«, fragte Thomas.

»Bringen wir das hier zu Ende«, sagte Zoe kurz angebunden.

Sie arbeitete zügig weiter, öffnete den Körper mit sauberen Schnitten. Die freigelegten Organe wurden entnommen, gewogen und untersucht. Der Mageninhalt landete in einer Tüte. Das war meist die Stelle, an der ihr der Appetit auf das Mittagessen verging, wenn es ein zufälliger Treffer war. Wer wollte schon frische Spaghetti Bolognese, sobald er einen Blick auf Magensäure und Nudelreste hatte werfen dürfen.

»Currywurst«, sagte Thomas mit Kennerblick. »Ha, ich hatte recht.« Zoe stöhnte auf. »Du hast eine wahre Glückssträhne.«

Die letzten Tage hatte sie das Mittagessen spendieren müssen, weil er ständig den richtigen Mageninhalt erriet. Zugegeben, mit Currywurst lag man überraschend oft korrekt. Und sie ging jede Wette ein, dass Gabis Mann Harald mit seiner Fressoase dafür verantwortlich war, dass neunzig Prozent der Niederteerbacher den gleichen Mageninhalt aufwiesen. Das sollte sie zukünftig vielleicht auf einer extra Liste im Auge behalten.

Gäbe eine schöne Statistik zu lokalen Essgewohnheiten, die selbst Touristen übernahmen.

Der Rest der Obduktion verlief reibungslos. Mira zeichnete alle Werte auf. Der Zustand des Gewebes wurde festgehalten, der Mageninhalt gewogen und aufgeführt. Das toxikologische Gutachten würde mit etwas Glück in ein oder zwei Tagen zur Akte gelegt werden können. Sie konnte sich das Ergebnis bereits denken.

In Gedanken erwachte die Abfolge der Ereignisse zum Leben. Der Schlag auf den Hinterkopf, Albrecht brach zusammen. Was war danach gekommen? Die Blausäureinjektion, bei der er das Bewusstsein wiedererlangt, sich möglicherweise gewehrt hatte? Der zweite Schlag dadurch schräg aus einer anderen Richtung. Wenigstens hatte er durch die Bewusstlosigkeit vermutlich nichts von den Vergiftungssymptomen mitbekommen.

Zoe gab Mira zu verstehen, dass die Aufzeichnung beendet war. Thomas würde den Körper wieder zunähen, sie den Abschlussbericht tippen.

Maike würde Augen machen.

Dieser Fall war eindeutig mehr, als es zu Beginn den Anschein erweckt hatte.

4. Kapitel

Maike trat fluchend auf die Bremse. »Führerschein im Lotto?!«

Der penetrante rosa Mini, genauer, die Fahrerin im Teenageralter, ignorierte das wütende Geschrei vollkommen. Rechts vor links schien in ihrer Führerscheinprüfung keine Rolle gespielt zu haben. Ihre Blicke trafen sich für einen Moment. Maike konnte sehen, wie die Teenager- Lippen Worte formten. »Chill Omi.«

Sie atmete tief ein und wieder aus. »Du wirst ihr nicht nachfahren und sie verhaften, Maike Pech. Das wäre unethisch. Andererseits würde es Spaß machen. Und Jens könnte mal beweisen, wie flexibel er tatsächlich ist.« Vermutlich würde ihr Chef sie kurzerhand in die gleiche Zelle sperren.

Sie schüttelte den Kopf, verdrängte jeden Gedanken an die heraufziehende 40 und bog ebenfalls ab.

»Ich geb dir gleich die Omi!«

Es dämmerte inzwischen und eigentlich hatte sie von ihrem Büro auf direktem Weg nach Köln zu den Schwäfels fahren wollen. Dort wartete ein Abendessen in entspannter Atmosphäre.

Stattdessen war sie zum Taxi ernannt worden. Die Berliner Polizeikollegen hatten sich tatsächlich bereiterklärt, keinen Papierkrieg über Zuständigkeiten zu führen. So kannte sie die alten Kollegen, geradlinig und pragmatisch. Leider schien der zuständige Kriminalhauptkommissar ganz scharf darauf gewesen zu sein, einen Ausflug nach Köln zu unternehmen.

Da er außerdem bereits zwei Befragungen von Lothar Albrecht durchgeführt hatte, saß er jetzt im Flieger.

Man konnte es mit der Flexibilität auch übertreiben.

Ihr Blick fiel auf die Uhr. Mittlerweile musste er sogar gelandet sein. Sie gab Gas.

Natürlich war der Verkehr in der Umgebung des Flughafens immer die Hölle, aber Jens hatte geklärt, dass der Besucher auf dem Parkplatz am Terminal 1 warten würde.

Er schien geahnt zu haben, dass Maike diejenige war, die als zweite eintraf. Ein wenig unverschämt war diese Annahme schon und obendrein total weit hergeholt.

Mit nur zwanzig Minuten Verspätung erreichte sie ihr Ziel. Kriminalhauptkommissar Martin Seidel lehnte an einem Pfosten und wirkte wie der Macho aus dem Buche. Er trug Jeans, Turnschuhe und eine Lederjacke. Das dunkle Haar war kein Stück gestylt, natürlicher Chaos-Look, nannte man das wohl. Dazu ein Dreitagebart.

Sie betätigte die Hupe und winkte.

Er kam herbeigeeilt, öffnete die Tür und sprang herein. »Sie sind spät.«

»Willkommen in Köln, gewöhnen Sie sich dran. Stau gehört hier dazu.«

»Dann müssten Sie doch darauf vorbereitet sein.« Er grinste unverschämt. »Was ist denn da passiert?« Er deutete auf den Marmeladenfleck.

»War ein frecher Berliner.« Sie fuhr ruckartig an, was ihren Fahrgast unvorbereitet traf und seinen Oberkörper nach hinten schleuderte. »Die Teigteilchen-Variante.«

Sein Gurt klackte. »Bei uns heißt das Pfannkuchen.«

»Klingt für mich nach flachem Teigfladen. Konnte mich in meiner Zeit in Berlin nie an diese Bezeichnung gewöhnen.«

»Sie haben dort gearbeitet?«

»Neukölln«, erklärte Maike und fuhr vom Parkplatz.

»Und warum dann der Abstieg?«

»Abstieg?« Sie schlug auf die Hupe und trat das Gaspedal nach unten.

»Na, jetzt arbeiten Sie ja hier.«

Sie verspürte das unbändige Gefühl, diesen kleinen Kotzbrocken aus dem Auto zu werfen. »Zu viele Höhlenmenschen in Berlin.«

Noch während sie die Worte sprach, blitzte das Bild der lachenden Billie vor ihrem inneren Auge auf. Der wahre Grund für ihre Rückkehr.

Seidel lachte leise. »Dann freue ich mich schon darauf, die Hochzivilisation in den nächsten Tagen zu erkunden. Niederteerbach heißt der Ort, ja?«

Sie könnte ihn aus dem Auto werfen und es wie ein Unfall aussehen lassen. »Wir fahren zu einer guten Freundin und Kollegin. Abendessen. Sie ist die Rechtsmedizinerin, die an dem Fall arbeitet. Obduktion war heute Mittag.«

Die Dunkelheit brach endgültig herein und die vorbeifahrenden Autos verwandelten sich in huschende Lichter.

»Ich bin gespannt. Als ich aufgebrochen bin, haben die Kollegen bereits ein Team zusammengestellt. Die Wohnung dürfte mittlerweile untersucht worden sein. Bis morgen früh haben wir den Bericht, die Fotos werden hochgeladen.«

»Wie war er so?«

»Lothar Albrecht?«, fragte Martin Seidel und fuhr auf ihr Nicken hin fort.

»Nicht das, was ich erwartet habe. Sie kennen Berlin ja selbst. Auf der einen Seite war er gehobene Mittelschicht. Hat rational gewirkt, beherrscht. Gar nicht der Typ Heißsporn. Er war Anwalt, spezialisiert auf die Opfer in der ehemaligen DDR.«

»Und er hat ehemalige DDR-Politiker angepöbelt? Ist etwas vorgefallen, dass ihn aufgebracht hat?«

»Er hat einmal in einem Gespräch vor fünf Monaten durchblicken lassen, dass er damals – zu DDR Zeiten – mit vielen Dingen nicht einverstanden war.«

Maike hätte beinahe gelacht. Das galt wohl für viele. Wer sein Leben brav nach den Regeln gelebt hatte, möglichst nicht mit der Obrigkeit in Berührung gekommen war, der hatte unbehelligt existieren können. Aber wehe, man war ins Fadenkreuz des Systems geraten.

»Ist aber nie verhaftet worden«, warf Seidel ein. »Er war sehr verstockt. Habe ihm damals klargemacht, dass er das nicht machen kann. Gewalt gegen Politiker geht gar nicht. Da gibt es keine Ausnahme. Er zeigte sich tatsächlich reuig, und da der Betroffene keine Anzeige erstattet hat, blieb es bei einer Verwarnung.«

Maike warf einen Blick auf die Uhr. In zehn Minuten war Schwäfel-Zeit.

»Aber es kam zu einem zweiten Vorfall?«

»Jein. Ein anderer Politiker wurde vor zwei Monaten verbal attackiert, der Tatverdächtige floh. Die Beschreibung hat gepasst. Ich habe ihn noch mal aufgesucht und klargestellt, dass das bei einem weiteren Vorfall Probleme für ihn gibt.«

»Aufgesucht ... daheim?«

»Kleiner Dienstweg.« Er zuckte mit den Schultern. »Die Akte musste natürlich angelegt werden, als wir ihn zu dem ersten Vorfall befragten. Der zweite taucht darin nicht auf. War ja lediglich ein Verdacht.«

»Der zutraf?«, fragte Maike und bog in die Wohnsiedlung der Schwäfels in Köln Junkersdorf ein.

»Wenn Sie mich fragen, ja. Er war kein guter Lügner. Und wirkte auch direkt wieder von Schuld zerfressen. Da war etwas an ihm, irgendwas stimmte mit ihm nicht.« Seidels Stimme bekam einen gedankenverlorenen Unterton. »Er war ein Getriebener.«

Maike nickte schweigend.

Vermutlich gehörten Zoe und sie ebenfalls in diese Kategorie. Sie lebten ihr Leben, doch immer mal wieder kam der Schatten der Vergangenheit und legte sich auf die Normalität. Verlust und Wut kamen auf, Bedauern über ein loses Ende. Maike war stolz darauf, bisher all ihre Fälle gelöst zu haben. Der Grund war offensichtlich. Sie verbiss sich in jede Ermittlung, weil sie den Angehörigen Antworten geben wollte. Ein Abschluss. Etwas, das sie niemals erhalten hatte.

»Nette Gegend«, sagte Seidel anerkennend.

»Das wäre dann die Hochzivilisation.«

Was vermutlich sogar stimmte. In Köln-Junkersdorf reihten sich die Einfamilienhäuser aneinander. Jeder Backstein atmete den Flair von gut betuchter Öko-Familie.

Das Ganze hatte ’was von ...

»Hat was von Zehlendorf in klein«, sprach Seidel ihre Gedanken laut aus.

»Kein Stück«, entgegnete Maike. Natürlich hatte er recht. »Jetzt kommen Sie mal hier an, und hören Sie auf alles zu vergleichen. Außerdem haben Sie in Berlin *sowas* nicht.«

Gerade kamen zwei junge Männer in Seemannsoutfit vorbei. Beide torkelten betrunken von links nach rechts und wieder zurück.

»Sie waren noch nie im Schöneberger Nollendorfkiez, was?« Seidel grinste. Er zwinkerte ihr zu.

Seufzend parkte Maike den Wagen, und sie stiegen aus.

Die Schwäfels wohnten in einer Straße mit zahlreichen Einfamilienhäusern, Alt- und Neubauten. Maike konnte sich nie entscheiden, ob sie das Flair mochte oder es einen Fluchtimpuls auslöste.

Das Haus stand auf einem 240 qm großen Grundstück und bildete damit das exakte Gegenstück zu ihrer winzigen Wohnung.

Neben dem Gebäude gab es einen zugehörigen überdachten Parkplatz mit Ladesäule. Zoes SUV war darauf geparkt, Marks kleiner Elektroflitzer war dahinter nicht zu sehen.

Als sie klingelten, begrüßte Nele sie bereits mit einem lauten Bellen hinter der Tür. Der Golden Retriever war stets begeistert, sobald Besuch vorbeischaute. Die Familie allein schien kraultechnisch nie genug zu sein. Die Tür wurde aufgerissen und eine genervte Sarah starrte ihnen entgegen.

»Hi, Tantchen.« Ihr Blick fiel auf Martin Seidel, und ein Grinsen erschien wie angeknipst. »Mum! Tantchen hat sich schon wieder einen Typen aufgerissen und ihn dieses Mal mitgebracht.«

Damit wandte sie sich ab und ging davon.

Maike starrte ihr hinterher, mit dem Gedanken an Schlagstock und Elektroschocker. »Pubertät«, krächzte sie.

Seidel kam hinter ihr her ins Haus und schmunzelte.

Direkt links der Tür wartete ein freistehender Garderobenständer für die Jacken. Sie hängte ihre eigene auf und nahm seine entgegen. Die Schuhe wurden daneben abgestellt.

Der Boden im gesamten Erdgeschoss bestand aus Feinsteinzeugfliesen. Es gab eine Fußbodenheizung, die Maike jedes Mal aufs Neue genoss. Rechts führten die Treppen nach oben in den ersten Stock, wo vermutlich gleich Zoe auftauchen würde. Links führte ein kurzer Gang in die Küche, geradeaus ging es ins Wohnzimmer.

»Ja, braver Hund.« Seidel kraulte Nele, die ihn sofort vergötterte.

Dieses Tier hatte einfach keinen vernünftigen Spürsinn, keinerlei Menschenkenntnis. Aus jeder Bewegung Seidels sprach das Wissen um sein eigenes gutes Aussehen. Was natürlich eine totale Selbstüberschätzung war. So grundsätzlich.

Durch die verglaste Front des Wohnzimmers schimmerte das warme Licht der Gartenleuchten, die rechts und links eines Kieswegs in der Erde steckten.

Die Wände bestanden aus Steinwand-Dekor. Im eingepassten Kamin prasselte ein Feuer. Sarah hatte sich direkt daneben auf das gewaltige, flauschige Sitzkissen geworfen.

Sie war damit beschäftigt auf ihrem Smartphone zu tippen. »Sarah«, sagte sie nur und blickte kurz auf.

»Martin«, erklärte Seidel und warf Maike einen Blick inklusive hochgezogener Augenbraue zu.

»Maike«, gab sie schließlich nach.

»Ah, unser Gast.« Zoe trat ein. »Kriminalhauptkommissar Seidel.«

»Martin.«

»Zoe. Und dieses Geschöpf da auf dem Kissen sieht demnächst eine Arrestzelle von innen, wenn es nicht den Tisch deckt!«

Natürlich hatte Maike ihrer besten Freundin geschrieben, dass sie einen Gast vom Flughafen abholte. Darauf hatte diese nicht nur eine Einladung ausgesprochen, sie hatte offensichtlich auch Zeit im Bad verbracht.

Die Jeans saßen perfekt und betonten ihre schlanke Figur, der Pullover war schlicht. Im Geiste verglich sich Maike mit ihr, was wie immer kein gutes Ende nahm. Sie musste dringend mehr Sport machen.

Aus der Küche stieg der Duft von rheinischem Sauerbraten in ihre Nase, sie konnte einen Topf köcheln hören. Sarah deckte den Tisch nun in Rekordtempo, wirkte dabei aber, als sei jede Bewegung ein bewusster Angriff auf ihre Mutter.

»Was ist denn los?«, fragte Maike leise.

»Unsere Reise nach Benin«, erwiderte Zoe ebenso leise. »Sie will hierbleiben: Noah.« An Martin gewandt ergänzte sie: »Frisch verliebt.«

»Und du bist die Tante?«, fragte Martin, den Blick auf Maike gerichtet.

»Mein Bruder hat sie gezeugt«, erklärte sie.

Gemeinsam betraten sie die große Küche, wo ein halb gedeckter Esstisch auf sie wartete.

»Das ist ja eklig, hört auf sowas zu sagen«, kam es prompt von Sarah, was erneut bewies, dass sie jedem Wort genauestens lauschte.

»Du fliegst mit uns, das ist ein Familienausflug. Opa wird enttäuscht sein, wenn du nicht mitkommst.«, stellte Zoe klar.

Sarah knallte den letzten Teller auf den Tisch.

»Das ist so unfair! Ihr reißt mich einfach aus meiner gewohnten Umgebung. Dabei muss ich noch so viel für die Schule machen, und das kann ich hier viel besser!«

»In Benin geht das ebenso gut«, sagte Zoe.

Von oben war Getrampel zu hören, dann kamen zwei Winzlinge in die Küche gestürmt. Leonie und Laura waren fünf Jahre alt und umschlangen je eins von Maikes Beinen. Ihr Blick wanderte skeptisch in die Höhe.

»Ich bin Martin, und wer seid ihr?«, fragte Seidel.

»Leonie«, kam es vom linken Bein.

»Laura«, vom rechten Bein.

»Und Mark«, kam es von der Treppe.

Maikes Bruder trug eine eng geschnittene Jeans, dazu ein Flanellhemd und Sneaker. Auf seiner Nase saß eine Leichtgestellbrille. Mark gelang es, stets eine Aura von Beschwingtheit eines eleganten Nerds mit sich zu tragen.

Martin und er schüttelten einander die Hand.

»Bierchen?«, fragte Mark.

»Klar. Habt ihr ein Alt?«

Ihr Bruder gefror in der Bewegung.

Martin lachte auf. »Nur ein Scherz. Kölsch passt total.«

Natürlich verzieh ihm ihr Bruder das Bier-Sakrileg sofort. Jeder schien diese pseudolustigen Machoallüren für etwas Nettes zu halten.

»Mach den Witz doch mal auf dem Marktplatz von Niederteerbach«, schlug Maike vor. Ihrem Bruder rief sie hinterher: »Danke der Nachfrage, ich nehme auch eins.«

»Ich bin wirklich gespannt auf dieses kleine Dorf.«

Zoe lachte laut auf. »Das war ich auch. Die hatten da scheinbar einen einzigen Architekten für den gesamten Ort.«

»Und er hat sicher nicht als Bester die Uni absolviert«, ergänzte Maike.

Gläser wurden gerückt, Besteck klirrte. Eine Salatschüssel fand ihren Weg auf den Tisch. Mark zupfte die Zwillinge nacheinander von Maikes Hosenbein und setzte sie ebenfalls an den Tisch. Nach dem üblichen Chaos saßen sie tatsächlich irgendwann, und auf den Tellern türmte sich Sauerbraten in dunkler Sauce. Dazu in Butter geschwenkte Spätzle und Spitzkohl.

»Wow«, sagte Martin mit vollem Mund.

Das Lob schien Zoe sichtlich zu freuen. Vermutlich hatte sie nach der Rückkehr aus der Rechtsmedizin mit einem Hüftschwung im Vorbeigehen das Essen gezaubert und sich danach innerhalb von fünf Minuten perfekt gestylt.

»Biofleisch von einem Bauer, den wir kennen. Natürlich kein Pferdefleisch. Spätzle sind selbstgemacht. Im Spitzkohl sind viele Ballaststoffe, sehr gesund«, erklärte Zoe.

»Also«, begann Sarah irgendwann wieder in die einsetzende Stille.

»Nein«, sagte Mark. »Wir werden unsere fünfzehnjährige Tochter nicht alleine hier wohnen lassen.«

»Ich bin fast sechzehn!«

»Sowas würde nur eine Fünfzehnjährige sagen.« Ihr Bruder nahm einen weiteren Schluck Kölsch.

Maike stopfte sich den Mund voll und genoss das Gefühl des zurückweichenden Hungers. Sie hielt mit Mühe ihre Neugierde zum Ergebnis der Obduktion in Zaum.

»Warum bleibt sie nicht einfach bei ihrer Tante«, sagte Martin leichthin. Maike benötigte einen Augenblick, um seinen Vorschlag in voller Tragweite zu verarbeiten. Hatte er das wirklich gerade gesagt?

Sarah wirkte elektrisiert. »Ja. Oh, bitte, bitte, bitte. Das wäre toll. Dann muss ich nicht von Noah ... und dem Lernen weg.«

Maike bereute bitterlich, dass sie die ursprüngliche Idee gemeinsam mit Mark verworfen hatte: Oma Jutta. Aber die hatte einen vollen Terminkalender, der aus Yoga, Tanzen, Spaziergängen, Chor und vielem mehr bestand.

Mark seufzte und blickte fragend zu Zoe. Diese zuckte mit den Schultern.

Waren die beiden jetzt völlig verrückt geworden? »Weißt du, meine Wohnung ist klein«, sagte Maike. »Und es stehen immer noch Kartons rum, die ich noch auspacken muss – jede Menge.«

»Das macht mir nichts.« Sarah schien offenbar besessen zu sein von der Idee.

»Meine Wohnung ist s*ehr* klein«

»Wie gesagt, das macht mir nichts aus. Du bist meine absolute Lieblingstante«, sagte Sarah zuckersüß.

»Ich bin deine einzige Tante.«

»Das eine schließt das andere nicht aus.« Jetzt klimperte Sarah sogar noch mit den Wimpern.

Wie konnte aus einem pubertierenden Monster innerhalb von Sekunden ein zuckersüßer Engel werden? Maike dachte ernsthaft darüber nach, Martin am Hinterkopf zu packen und in der Sauce zu ersäufen.

»Also von meiner Seite aus wäre das okay«, sagte Zoe. »Wir müssten natürlich vorher alles genau klären. Bezogen auf das Lernen und so.« Sarah lächelte selig. »Danke.«

»Hallo?«, sagte Maike. »Euch ist klar, dass ich da auch noch ein Wörtchen mitzureden habe.«

»Aber du wirst dich dem jungen Glück doch nicht entgegenstellen.« *Der Berliner* schob sich süffisant eine Gabel voller Spätzle zwischen die Lippen.

»Du bist die beste Tante der Welt.« Sarah stand tatsächlich auf und umarmte sie.

Maike aß schweigend weiter, ergab sich dem Schicksal und versuchte zu lächeln.

5. Kapitel

Der Zwillings- und Teenagerlärm blieb hinter ihnen zurück.

Maike atmete unweigerlich auf, als Zoe den Holzstab mit Metallhaken aus einem Schrank im Flur des ersten Stockwerks hervorholte und damit die Klappe zum Speicher öffnete. Die eingeklappte Holzleiter entfaltete sich.

»Das dynamische Duo hat also auch eine eigene Bat-Höhle«, sagte Martin grinsend.

Zoe stieg bereits in die Höhe. Maike ließ ihrem Berliner Besuch den Vortritt. Man musste ihm zugutehalten, dass die Jeans perfekt saß. Irgendetwas musste er ja haben, das für ihn sprach.

Der Speicher war ein langgezogener Raum, der Stück für Stück ausgebaut worden war. Mark hatte für seine Arbeit als Autor für eine Frauenzeitschrift (unter weiblichem Pseudonym) einen

Rückzugsort benötigt. Gegenüber der Einstiegsluke stand ein selbst zusammengezimmerter Schreibtisch, davor ein Stuhl.

Was absolut typisch war!

Wie oft hatte Maike ihren Bruder darum gebeten, seine eingerosteten handwerklichen Fähigkeiten wieder zu ölen und ihr etwas für die Wohnung zu basteln. Das war natürlich total unmöglich. Zu viel zu tun. Und die Kinder. Und überhaupt. Aber wenn es um seinen eigenen Rückzugsort ging, schleppte er jedes Brett einzeln durch die Luke.

Auf der Tischplatte stand ein einsamer Mac und wartete darauf, benutzt zu werden. In einem Regal an der Seite lagen die Magazine, in denen seine Artikel abgedruckt waren, daneben alle möglichen Bücher zur Forensik.

»In dem Mini-Kühlschrank ist Nachschub, falls du noch ein Bier willst«, sagte Zoe an Martin gewandt.

»Nice.« Er öffnete die Tür und betrachtete den Inhalt. »Kölsch und Energydrinks. Nette Mischung.«

Zoe runzelte die Stirn, sagte darüber hinaus aber nichts. Sie konnte die ›Gummibärchenpisse‹ nicht ausstehen, was Mark auch ständig zu hören bekam.

»Oh, und das sind die Magazine?« Martin trat neben das Regal und blätterte in einem davon. »Wie hieß er noch?«

»Britta Sommer«, erklärte Zoe. »Da gab es doch immer diese Dame, in dieser Jugendzeitschrift–...«

»Jeder kann diesen Namen zuordnen«, kommentierte Maike trocken, die darauf brannte, sich endlich dem eigentlichen Thema zuzuwenden.

»Wie verhindert man Hautirritationen bei einer Intimrasur«, las Martin laut vor. »Mit einer Vorstellung der besten Rasierschaumprodukte.« Er blickte auf. »Habt ihr das echt ausprobiert?«

»Gegenseitig«, bestätigte Zoe mit Pokerface.

Maike versuchte krampfhaft, das Kopfkino auszuschalten, in dem sie noch einen Schluck Kölsch herunterstürzte. »Also, kurzer Schlenker von der Intimrasur zum Tod in der Pension Raibach.«

Zoe grinste und ließ sich rücklings auf eines der riesigen Sitzkissen plumpsen. Maike vervollständigte das Ritual, indem sie es ihr gleich tat. Martin zog den ergonomischen – ebenfalls selbst zusammengebauten – Schreibtischstuhl heran.

»Wir haben uns auf dem Weg hierher unterhalten.« Maike fasste für Zoe zusammen, was Lothar Albrecht in Berlin alles angestellt hatte. »Morgen bekommen wir das Ergebnis der Wohnungsdurchsuchung.«

»Ich habe auch ein paar Neuigkeiten«, erklärte Zoe und hatte dabei diesen berüchtigten ›wer ist hier die beste Rechtsmedizinerin?‹-Blick aufgesetzt. »Euer Lothar Albrecht starb nicht durch den Schlag.«

»Wow, echt jetzt?«, sagte Martin. »Laschet ist unschuldig?«

Darauf lachten beide, obwohl das wirklich absolut unlustig gewesen war, fand Maike. Sie trug Martin immer noch nach, dass dank ihm ein pubertierender Teenager bei ihr einziehen würde.

»Raus damit«, sagte Maike.

»Blausäure.« Zoe ließ die Neuigkeit ein paar Sekunden wirken, bevor sie ergänzte: »Wie immer ist das rein informell, bis der offizielle Bericht von meinem Chef abgesegnet und bei euch eingegangen ist. Aber Lothar Albrecht wurde definitiv eine Spritze Blausäure verabreicht. Ich bin mir absolut sicher.«

Sie berichtete von den zwei Schlägen in zeitlichem Abstand, dazwischen die Injektion. Zumindest war das die Theorie für die Abfolge des Tathergangs.

»Das toxikologische Profil wird gerade noch erstellt«, erklärte sie weiter.

»Sollte schon da sein, aber der Kollege hatte heute schon so viel auf dem Tisch. Thomas macht ihm gerade etwas Druck, die beiden kennen sich. Er interessiert sich generell sehr für Gifte, hat glaube ich auch seine Doktorarbeit zu dem Thema geschrieben.«

»Thomas ist Zoes Kollege in der Rechtsmedizin«, warf Maike ein.

»Wozu die Blausäure?«, fragte Martin.

Maike und Zoe wechselten einen kurzen Blick.

»Schon klar – um ihn umzubringen« sagte Martin. »Aber das meinte ich nicht. Wenn ein Schlag den armen Kerl in die Bewusstlosigkeit befördert hat, weshalb überhaupt noch die Injektion?

Wieso nicht einfach ein zweiter tödlicher Schlag?«

»Das hätte gereicht«, bestätigte Zoe. »Dann hätte der Täter die Büste mitnehmen können.«

»Und wir hätten uns dumm und dämlich gesucht«, schloss Maike.

»Stattdessen bleibt diese Holzbüste am Tatort. Als sollten wir darauf stoßen.«

»Das ergibt keinen Sinn. Wieso eine zweite Tatwaffe nutzen, wenn die Büste gereicht hätte?«, überlegte Maike laut. »Und die hätte man doch auch direkt verschwinden lassen können. Sie absichtlich zurücklassen kommt mir merkwürdig vor.«

In Gedanken ging Maike all jene Fälle durch, die sie in der Vergangenheit bearbeitet hatte. Zoes Gesicht deutete darauf hin, dass sie es ebenfalls tat.

»Verschleierung der Tatwaffe wird normalerweise bei einem sorgfältig geplanten Verbrechen eingesetzt, wenn die echte Tatwaffe einen Hinweis auf den Täter oder die Täterin liefern könnte.«

»Aber wieso könnte die Blausäure ein Problem für den Täter sein?«, spann Maike die Idee weiter.

»Das Zeug lässt sich aus den einfachsten Mitteln herstellen. Du hast doch bestimmt schon ein Lexikon gewälzt, Zoe, gib es zu.«

Martin stand auf und trat an den Kühlschrank. Sein fragender Blick in die Runde wurde von Maike mit einem Nicken beantwortet. Er entnahm zwei Flaschen, öffnete sie und kam zurück.

Dankbar nahm sie eine entgegen.

»Leicht herstellbar, wenn man sich darüber informiert«, gab Zoe zu. »Aber wir sprechen hier nicht von Verabreichung durch orale Einnahme oder einatmen durch Verdampfung.

Bei einer Injektion müssen Vorkenntnisse vorhanden sein. Man muss das richtige Material besorgen, darf selbst nicht mit der Substanz in Berührung kommen und muss exakt planen, wo man den Einstich setzt. Und genau das könnte einen Täter verraten.«

»Eine simple Einwegspritze lässt sich unter dem Radar besorgen«, sagte Martin nach dem ersten Schluck. »An welcher Stelle des Körpers er oder sie das Zeug injiziert, dürfte doch egal sein.«

»Ziemlich«, bestätigte Zoe. »In dem Fall hat sich der Täter für den Fuß entschieden. Das ist gar nicht doof. Die Epidermis – also die obere Hautschicht – ist dort ständigem Druck ausgesetzt. Das sorgt dafür, dass die Haut mit Hyperkaterose reagiert.«

»Sie doziert gern«, erklärte Maike auf Martins überforderten Blick und tat so, als wäre ihr jedes Wort klar.

»Das bedeutet einfach, dass sich an der Stelle vermehrt Hornhaut bildet«, führte Zoe weiter aus.

»Lecker! Was man nach dem Abendessen auch total gerne hört«, sagte Maike. »Vielleicht noch ein paar Bilder dazu? Eine kleine Präsentation?« Zoe schlug ihr gespielt auf den Oberarm. »In der Hornhaut können sich dann Schrunden bilden, die bis in die tiefer gelegenen Hautschichten reichen. Kleine Risse, wenn ihr so wollt. Und mit denen kann man einen Einstich gut verbergen.«

»Ich sehe bereits das nächste Thema für Mark. Ein Blick auf die Hornhaut im Vergleich zwischen dem weiblichen und männlichen Fuß.«

»Hat er schon durch.« Zoe winkte ab. »Es gibt da tolle Cremes gegen Hornhautbildung.«

»Wirklich?« Martin setzte die Flasche ab und warf Zoe einen interessierten Blick zu.

Bevor dieses Thema endgültig in die falsche Richtung eskalierte, brachte es Maike wieder zurück auf den eigentlichen Punkt. »Das klingt für mich, als wäre die Stelle am Fuß bewusst gewählt worden, in der Hoffnung, dass wir sie übersehen. Vielleicht war es eine Pflegerin oder ein Pfleger?«

»Das Problem ist, dass man solche Dinge heute alle aus dem Internet erfahren kann«, sagte Zoe.

»Insbesondere was die Herstellung von Blausäure angeht.«

»Nochmal von vorne: Wir wissen, dass Albrecht sich mit jemandem in seinem Pensionszimmer getroffen hat«, sagte Maike.

»Wenigstens dabei hätte Raibach seiner Neugierde mal freien Lauf lassen können. Hat er aber nicht. Daher wissen wir nichts über den Gesprächsinhalt oder die andere Person. Allerdings war es ein hitziges Gespräch.«

»Was eigentlich auf eine Affekthandlung hindeutet«, sagte Martin. »Aber wer geht mit einer vorbereiteten Blausäurespritze zu einer Unterhaltung, ohne die Absicht, das Opfer zu töten?«

»Eine Rückversicherung?«, überlegte Zoe. »Falls das Gespräch gut läuft, alles klar. Wenn nicht.« Sie fuhr sich mit dem Daumen über die Kehle.

»Albrecht kommt nach Niederteerbach ...«

»Die Hochzivilisation.« Martin schaute provokativ in Maikes Richtung.

»... um jemanden zu treffen«, fuhr Maike völlig unbeeindruckt fort.

»Könnte das was mit seinen politischen Angriffen in Berlin zu tun haben?« Martin versuchte es noch einmal. »Du meinst, nach einem Skandal in der Hauptstadt taucht jemand in diesem Kaff unter? Da hätte ich mir eher Mallorca ausgesucht. Sonne, Strand und Meer.«

»Dass du dich für eine Insel voller Alkoholleichen entscheiden würdest, wundert mich kein Stück«, erklärte Maike.

»Sagte sie und trank einen Schluck Bier.«

»Martin, ein Bier macht noch keine Alkoholleiche.« Sie warf ihm einen durchdringenden Blick zu. »Eine große Klappe dagegen kommt der Sache schon näher.«

»Okay, ich spiele jetzt mal Schweiz und gehe dazwischen!«, rief Zoe.

»Letztlich fehlen uns noch zu viele Fakten. Aber mit den Infos aus der Wohnung und dem toxikologischen Profil kommt mit etwas Glück Schwung in die Sache. Gibt es denn außer diesem Raibach weitere Zeugen?«

»Ich habe Lukas und Gabi darauf angesetzt«, sagte Maike.

»Aber noch nicht mal Harald ist was aufgefallen. Und den Tachmoinern auch nicht. Und glaubt mir, die sehen alles.«

Martins fragender Blick wurde ignoriert.

»Keine Zeugen, keine Kameras, nur Indizienbeweise ...« Maike seufzte frustriert. »Der Täter oder die Täterin könnte ihm auch einfach von Berlin nachgereist sein. Dann finden wir hier gar nichts.«

»In dem Fall lade ich euch herzlich ein, mich auf *meiner* Dienststelle zu besuchen«, sagte Martin.

Beinahe hätte Maike ›nur über meine Leiche‹ gesagt, bremste sich aber noch rechtzeitig. Immerhin mussten sie diesen Fall gemeinsam lösen. Außerdem hatte es durchaus schon Kollegen gegeben, die nach einer solchen Aussage in die nächste Kugel gelaufen waren. Man musste das Schicksal ja nicht herausfordern.

»Bis wann genau können wir das Gutachten denn erwarten?«, fragte Maike, nachdem sie einige Minuten schweigend getrunken hatten.

Durch das Fenster fiel der Schein der Gartenlaternen herein und erzeugte diffuse Schatten im Raum. Die Glühbirne hoch über ihnen spendete da deutlich weniger Licht, was sie erneut an die heruntergekommene Pension Raibach erinnerte.

»Ich habe Thomas gesagt, dass ich das Ergebnis morgen auf dem Schreibtisch haben will«, sagte Zoe. »Er hat versprochen, dass er dem zuständigen Kollegen notfalls als Schatten in den Nacken atmet, bis es da ist. Bis mittags habt ihr es.«

Wieder breitete sich Schweigen aus.

Maike genoss diese Augenblicke. Ein wenig Rückzug, gemeinsame Minuten mit vollem Bauch. Den Tag mit Abstand Revue passieren lassen. Dazu den Geschmack von Kölsch auf der Zunge. Selbst der Hauch von Schwermut, der sich ein- bis zweimal in diesen Momenten einschlich, war vertraut. Wie würde Billie heute wohl aussehen?

Gäbe es einen dritten Sitzsack, auf dem sie lümmelte? Was für einen Beruf hätte sie ergriffen?

Ihr Blick traf den von Zoe, und sie konnte die Verbundenheit über den Verlust spüren. Letztlich war Billie noch immer hier. In ihnen beiden.

Das Licht im Garten erlosch.

»Alles klar, das war der Rausschmeißer«, sagte Zoe.

»Echt jetzt?«, fragte Maike.

»Mein Göttergatte will auch mal ein paar Minuten mit mir allein sein«, säuselte Zoe. »Und da haben wir seit Neuestem dieses Zeichen vereinbart. Wenn die Gartenleuchten ausgehen, wirst du hinauskomplimentiert. In dem Fall, ihr beide.«

»Die Dinger haben bestimmt einen Wackelkontakt«, erklärte Maike nachdrücklich.

Sie verdächtige ihre beste Freundin, ihren Ehemann dem gemütlichen Beisammensein mit ihr vorzuziehen.

»Stimmt es, dass bei Eheleuten, die mehr als ein Kind haben, weniger oft ...« Martin hatte offenbar noch weniger Feingefühl als sie angenommen hatte.

»Nicht bei uns«, sagte Zoe in den offenen Satz hinein. »Das ist noch sehr regelmäßig. Was mich wieder dazu bringt, dass ihr beiden jetzt gehen müsst.«

Maike stöhnte auf. »Manche Fragen stellt man nicht«, warf sie Martin vor.

»Du hast mich abgefüllt.« Er reckte sich ausgiebig.

»Hast du das gerade wirklich gesagt, Frau ›Ich spreche alles aus, auch wenn ich damit dem Chef auf die Füße trete‹-Pech?«, kam es von Zoe.

»Wir sollten gehen«, verlegte sich Maike auf einen Rückzug.

Die Treppe wirkte auf dem Rückweg deutlich wackeliger. Zur Sicherheit nutzte sie das Promillemessgerät, das sie bei den Schwäfels in der Küchenschublade deponiert hatte (auch für spätere Nutzung bei Sarah gedacht, sobald diese damit begann, die Freuden von Kölsch zu entdecken). Und für sich selbst, zur Sicherheit.

Glücklicherweise befand Maike sich noch in der erlaubten Promillegrenze für die Fahrt.

Gemeinsam ging es zurück nach Niederteerbach. Sogar um diese Uhrzeit gab es den üblichen Baustellenstau, den sie aussitzen mussten.

»Nette Familie«, sagte Martin, als sie noch zehn Minuten von Niederteerbach entfernt waren.

»Beste Freundin seit Schulzeiten.«

»Und dein Bruder.«

»Du hast schon ein Händchen dafür, den Finger in die Wunde zu legen«, sagte sie. »Dank dir darf ich jetzt auf meine Nichte aufpassen, die ich über alles liebe, die aber trotzdem gerade mitten in der Todeszone steckt.«

»Todeszone?« Er runzelte die Stirn.

»Pubertät«, erklärte Maike. »Und das in einer Wohnung von der Größe eines Schuhkartons.«

»Was mich zu der Frage bringt, wo ich heute übernachte.« Die Frage schien Martin erst jetzt gekommen zu sein.

Vor ihnen tauchte das Ortsschild von Niederteerbach auf.

»Keine Sorge.« Maike lächelte. »Ich kenne da eine tolle Pension.«

6. Kapitel

Maike blinzelte.

»Hör auf zu klingeln.«

Das Smartphone mit dem schrillen Weckton wollte nicht hören, weshalb sie die Hand ausstreckte und nach drei Fehlversuchen endlich den Snooze-Button traf.

Sie drehte sich auf die Seite und erkannte vier Augen, die sie musterten. Crockett und Tubbs hatten es sich neben ihr auf dem Bett bequem gemacht.

»Guten Morgen ihr beiden«, sagte sie, kraulte sie nacheinander und schlug die Bettdecke beiseite.

Sie reckte den Nacken, streckte sich und lauschte dem Knacken ihrer Gelenke. Mit neununddreißig lagen eindeutig schon mehr gute Jahre hinter ihr, als noch auf sie warteten. Wie schlimm musste es da erst sein, wenn man die schwarzmagische vierzig überschritten hatte?

»Ihr beiden werdet Zeuge, wie mein Körper rapide verfällt«, erklärte sie den Katzen.

Diese sprangen elegant und gänzlich ohne knackende Gelenke auf den Boden. Es folgten geschmeidige Bewegungen zur Schlafzimmertür und aus dem Raum.

»Da hast du es, Maike Pech, wenn du von einem Pfleger im Rollstuhl gefahren wirst, werden die beiden garantiert noch immer geschmeidig dahin tanzen.« Was aufgrund der Lebenserwartung von Katzen natürlich Unsinn war.

Vermutlich saß sie sowieso eher in einem Altenheim, ganz ohne gutaussehenden Pfleger.

Das lenkte ihre Gedanken unweigerlich zu Martin Seidel, den sie gestern Nacht in der Pension Raibach abgeliefert hatte.

Den Pensionswirt hatten sie aus dem Schlaf klingeln müssen. Der war nicht erfreut gewesen, wollte sich die neu erschlossene Einnahmequelle aber nicht entgehen lassen.

Sie fragte sich, welches Zimmer er wohl bekommen hatte.

Danach war sie zu Hause erst einmal in etwas Bequemes geschlüpft, hatte Crockett und Tubbs gekrault und gedankenverloren die Laternen vor ihrem Schlafzimmerfenster betrachtet. Im Bett hatte sie eine neue Folge ihrer Krimi-Lieblingshörspielserie angehört und die Detailverliebtheit der

Autoren bewundert. Irgendwann war sie eingeschlafen.

Maike trottete durch das Wohnzimmer, das fensterlos zwischen Schlafzimmer und Küche lag. Es fiel ihr noch immer schwer, zu glauben, dass man vor einer Ewigkeit – und genauso alt war diese Bruchbude – die Dusche in die Küche gebaut hatte. Ein großer Vorteil, wenn man morgens nur kurze Wegstrecken zwischen Kaffee und heißem Wasser, das die verspannten Muskeln löste, zurücklegen musste. Andererseits war das Ergebnis potthässlich.

Sie schob die Tasse unter die wieder funktionierende Senseo und schaltete das Gerät an. Während das Wasser erhitzte, trottete sie zur Toilette. Der Raum war so winzig, dass sie sich gerade noch um die eigene Achse drehen konnte. Im Halbschlaf verrichtete sie die notwendigen Tätigkeiten. An der Senseo vorbei, die mit einem weiteren Knopfdruck endlich Kaffee in die Tasse laufen ließ, sprang sie nackt in die Dusche. Ihr Schlafzeug warf sie auf den Küchentisch.

Das heiße Wasser prasselte über ihre Haut und sie genoss diese Minuten, die noch einmal das wohlige Gefühl von Schlaf zurückbrachten. Sie dachte an Zoe, die um diese Zeit meistens bereits im Büro war. Immer wenn Maike sich in ihrer Gegenwart darüber beschwerte, früh aufstehen zu müssen, kam dieser gewisse Blick.

Mit drei Kindern waren die Schwäfels es gewöhnt, in den seltensten Fällen durch- oder ausschlafen zu können. Zoe schien das nicht zu stören.

Maike stellte das Wasser ab, griff nach dem bereitliegenden Handtuch und stieg aus der Dusche. Das Wichtigste zuerst: Sie trat an die Kaffeemaschine, sog den Duft aus der Tasse ein und trank einen ersten Schluck.

Ein Blick auf die Uhr und sie schlüpfte schnell in Jeans, Hoodie und ihre Doc Martens. Das Föhnen hätte viel zu lange gedauert, ein Zopf musste reichen.

Aus dem Kühlschrank nahm sie Milch und gab sie in den Kaffee, damit dieser schneller abkühlte. In großen Schlucken stürzte sie alles hinunter, streifte den blauen Parka über und verließ das Haus.

Vor der Tür schlug ihr eine kalte Böe entgegen. Das Wetter hatte sich deutlich verschlechtert. Die grauen Wolken versprachen Regen. Sie fröstelte und schloss die Jacke. Gut, dass die Wache nicht weit entfernt war. Mit etwas Glück schlief Martin noch, und sie hatte wenigstens ein paar Stunden, um Gabi und Lukas auf den Kulturschock vorzubereiten.

Als sie das Rathaus erreichte, fielen bereits die ersten Regentropfen. Sie schloss die Tür hinter sich und atmete auf. Es roch wie immer frisch gewischt.

Maike stieg die Treppen nach oben und betrat die Wache. »Guten Morgen.«

»Frau Pech.« Lukas steckte den Kopf aus der geöffneten Tür. »Wir sind alle hier.«

»Alle?« Sie betrat das Büro von Gabi und Lukas und erwartete schon, Bürgermeisterin Graefe dasitzen zu sehen.

Es war schlimmer.

In trauter Dreisamkeit saßen Gabi, Lukas und Martin mitten im Raum. Die Stühle waren zu einem Sitzkreis aufgestellt. Es hätte sie keinen Augenblick gewundert, wenn Horst mit in der Runde gesessen wäre. Jeder der drei hielt einen Pappteller mit Currywurst und Pommes in den Händen.

»Na, da haben wir etwas länger geschlafen heute, was?«, sagte Martin.

»Macht die Frau Pech immer«, kam es prompt von Gabi. Sowas nannte man eindeutig ›Verrat‹.

»Was machst du denn hier?«, fragte Maike verdutzt.

»Frühaufsteher«, nuschelte Martin über einen weiteren Bissen Currywurst. »Und irgendwie bin ich dann in Harrys Fressoase gelandet. Grüße von Harald und den Tachmoinern. Die sind wirklich nett. Wir haben ein wenig über den Fall geplaudert.«

»Ihr ... was?«

»Und eure Bürgermeisterin ...«, begann Martin.

»Frau Graefe«, half Lukas aus.

»... genau die, möchte bitte über den Fortgang der Ermittlungen informiert werden. Sie denkt da an landesweite Berichterstattung.«

»Sie ... was?« An welcher Stelle war hier der Turbo eingelegt worden? Sie fühlte ein Schleudertrauma herannahen.

»Meine Kollegen haben mittlerweile das Ergebnis der Hausdurchsuchung geschickt«, sprach Martin einfach weiter.

»Und?« Maike sah sich suchend nach einem Stuhl um.

Lukas bemerkte ihren Blick, sprang auf, überließ ihr seinen eigenen und eilte davon.

Gabi drehte ihren Monitor, damit sie vom Sitzkreis sehen konnten, was darauf abgebildet war. »Das sind die Bilder.«

»Die Wohnung war aufgeräumt, es wurde nichts durchwühlt, kein Einbruch«, erklärte Martin. »Spuren werden noch ausgewertet, aber wir haben einen ersten Einblick. Und der hat es in sich.«

Maike starrte auf das Bild einer Deutschlandkarte, auf der Nadelpins als Markierungen gesetzt waren. Daneben lag ein Papier mit einer Liste von acht Namen, die durchgestrichen waren.

»Ihr wollt mir jetzt nicht sagen, dass Albrecht durch Deutschland gezogen ist, um acht Menschen zu ermorden.«

Vor ihrem inneren Auge leuchtete das Wort ›Serienkiller‹ auf wie eine Reklametafel am Times Square.

»Hat er nicht«, zerschlug Gabi das Bild wie ein Vorschlaghammer eine Porzellanvase. »Eine kurze Überprüfung im Melderegister hat ergeben, dass sechs von denen auf jeden Fall noch leben, zwei sind aber tot. Die Notizen auf einem der anderen Blätter deuten darauf hin, dass er die Personen befragen wollte.«

Lukas kam wieder in den Raum und schob Maikes Schreibtischstuhl vor sich her. Darauf platziert hatte er einen Pappteller mit Currywurst.

»Habe ich dir mitgebracht. Frühstück.« Martin deutete auf die Kalorienbombe.

»Also, das ist ja nett.« Sie schnappte sich den Teller und fühlte sich versöhnt mit der Welt. Morgen würde sie ein wenig vor der Arbeit joggen gehen, um die ständige Zunahme an Niederteerbachkalorien loszuwerden.

Lukas nahm auf dem Stuhl Platz und seinen eigenen Pappteller wieder an sich.

»Albrecht hat all diese Personen befragt oder hatte es vor«, sagte Martin. Gabi öffnete ein zweites Bild. Es zeigte das Schwarzweißbild einer Frau um die Dreißig. Sie trug einfache Kleidung. Rock, Pulli und Sandalen. Daneben lag ein Schreiben, das den Tod bestätigte.

»Das war Irene Albrecht«, kam es kauend von Lukas. »Seine Frau.«

»Starb kurz vor dem Mauerfall im Alter von dreiunddreißig Jahren«, erzählte Martin.

»Laut dem Schreiben war es ein Herzinfarkt, was unser Lothar allerdings nicht glaubte. Er hat mehrfach versucht, den Fall wieder aufrollen zu lassen. Wurde aber immer abgelehnt.«

»Und er trägt noch heute den Ehering«, sagte sie leise. »War da was dran an seiner Theorie?«

»Seine Frau war wohl '88 auf einigen Demonstrationen und landete dafür im damaligen Gefängnis Hoheneck. Sollte zu einer folgsamen Bürgerin erzogen werden. Kurz vor dem Mauerfall starb sie. Albrecht hat weitere Fälle zusammengetragen.«

Der Blick, den Martin ihr zuwarf, sprach Bände.

»Es gab mehr?«, fragte sie.

Sein Blick wurde durchdringender.

»Viel mehr?«

»Laut den von ihm recherchierten Daten – aber die sind mit Vorsicht zu genießen, bis wir sie bestätigen können – starben insgesamt sechzehn Frauen in Hoheneck kurz vor dem Mauerfall an einem Herzinfarkt. Diese geballte Zahl könnte ein Hinweis darauf sein, dass jemand am Ende noch mal aufräumen wollte. Die Dunkelziffer könnte größer sein.«

Maike schluckte das nur halb zerkaute Stück Currywurst hinunter und musste husten. Glücklicherweise hatte Martin auch an Getränke gedacht. Er reichte ihr ein Bier – natürlich alkoholfrei.

»Schon so früh am Morgen Bier, Frau Pech.« Er grinste.

»Noch ein Wort und ich interpretiere die Currywurst als Mordanschlag. Neben Horst ist noch eine Zelle frei.«

Er lachte leise. »An offizielle Unterlagen kam Albrecht über die GAUK- Behörde ran. Die haben ja alle möglichen Dokumente auf ihrer Website zur freien Einsicht. Bilder, Audiodateien, Videos ...«

»Da kommt man einfach so ran?«, fragte Lukas.

Martin nickte. »Natürlich nicht an alles. Aber einige der Stasi-Unterlagen sind einsehbar. Archivbestände inklusive. Außerdem kann man einen Antrag auf Akteneinsicht stellen. Jeder Bürger hat das Recht, die Unterlagen einzusehen, die über ihn selbst oder nahe Angehörige erstellt wurden.«

»Also hat Lothar Albrecht Einsicht in Irenes Akte genommen, die Akte seiner Frau?«, fragte Maike.

»Und seine eigene«, bestätigte Martin. »Auch dazu hat er Notizen angefertigt. Letztlich hatte die Stasi zwar einen Vermerk über beide, sie galten als ›unangepasst‹, aber da steht nirgendwo etwas von einem staatlich sanktionierten Mord.«

»Wie kommt er dann darauf?«, fragte Maike.

»Das geht nicht aus den Notizen hervor. Er hatte diese Liste mit den acht Namen akribisch abgearbeitet. Alle waren damals Schließerinnen und Schließer im Gefängnis in Hoheneck. Es gibt ein paar stichpunktartige Gesprächsaufzeichnungen, er hat mit ihnen Interviews geführt. Wollte wissen, ob sie Auffälligkeiten bemerkt haben.«

»Er war hartnäckig, so viel ist sicher. Soll ich mal raten: Die Interviews, die er geführt hat, wurden nicht gefunden.«

Martin blinzelte. »Woher weißt du das?«

»Wenn er hier in Niederteerbach war, um jemanden zu befragen, hatte er garantiert die übrigen Notizen dabei, um gezielte Fragen stellen zu können.«

»Die Aktentasche.« Gabi hatte denselben Gedanken.

»Exakt. Der Neffe von Raibach, dieser Janis Grupka, hat ausgesagt, dass Albrecht Unterlagen ausgebreitet hatte, die er schnell zusammengesucht und weggesteckt hat, als er das Zimmer zum Putzen betrat. Die Aktentasche war aber leer und im Pensionszimmer nichts zu finden.«

»Es gibt noch weitaus mehr Papiere, Fotos und sonstigen Kram, die Kollegen scannen alles ein und schicken uns die Datei«, sagte Martin.

»Gabi, übernimmst du das?«, bat Maike.

»Ich sichte, sobald es eingeht, und gebe Bescheid«, bestätigte sie sofort.

»Aber wen wollte er denn jetzt hier in Niederteerbach befragen?«, fragte sich Maike und achtete sorgsam darauf, dass keine Currysauce auf ihren Pulli tropfte.

»Also Albrecht hat von den acht Personen insgesamt sechs befragt. Zwei sind mittlerweile tot, wie gesagt, da hat er zwar den Wohnort aufgesucht, aber das war's. Auf der Landkarte befinden sich überall dort Markierungen, wo die Personen wohnen. Er hat also vermutlich die sechs noch lebenden Verdächtigen besucht und befragt. Niederteerbach taucht weder auf der Namensliste noch auf der Deutschlandkarte auf.«

»Wäre ja auch zu schön gewesen.« Maike stellte ihren leeren Pappteller beiseite. »Ein letzter offener Name und zack, wir hätten unseren Mörder gehabt. Ist Albrecht vielleicht auf eine neue Spur gestoßen?« Sie wandte sich an Lukas. »Tun Sie mir den Gefallen und telefonieren Sie alle sechs noch lebenden Personen auf der Liste ab.« Maike dachte kurz nach und ergänzte: »Und ich will auch Informationen zu den beiden mittlerweile Verstorbenen, die namentlich auf der Liste auftauchen.«

»Wird gemacht, Frau Pech.« Und schon sauste er zum Schreibtisch.

»Hier könnte uns auch Zoe helfen«, murmelte Maike.

Sie zog ihr Smartphone hervor und wählte die Nummer ihrer besten Freundin.

»Hast du ein Glück, dass ich den ›Brückensturz mit Todesfolge‹ nach hinten schieben musste«, meldete sich Zoe.

»So wird man doch gerne begrüßt. Wie wäre es dann stattdessen mit ›Blausäureopfer eines möglichen Mehrfachmörders‹?«

»Jetzt wird es spannend. Ich höre.«

Maike fasste zusammen, was sie im Sitzkreis erörtert hatten.

»Das toxikologische Gutachten habe ich mittlerweile hier, aber das bringt keine neuen Erkenntnisse. Ich arbeite es nachher noch durch, aber er starb definitiv durch die injizierte Blausäure. Außerdem hat sich herausgestellt, dass es sich bei der Substanz an der Wunde am Fuß um Kaliumhexacyanidoferrat(III) handelt.«

»Und das heißt?«

»Muss ich erst recherchieren, kam gerade rein«, erwiderte Zoe. »Aber deshalb hast du doch nicht angerufen.«

»Kannst du die Unterlagen der Todesfälle in Hoheneck beschaffen? Aus der Zeit vor der Wende?«

»Ach du liebe Güte.« Stille setzte ein. »Also ich kann es versuchen. Die hatten damals kein großes Interesse daran, alles sauber zu ordnen. Vergleich das nicht mit heute. Da mussten Frauen teilweise über Stunden nackt in eiskaltem Wasser stehen. Wenn die dann an einer Lungenentzündung starben, ging das als normale Todesursache durch.

Das Interesse, so etwas am Ende sauber aufzuklären, hielt sich in Grenzen. Aber du willst wissen, ob es wirklich Herzinfarkte waren, an denen die Frauen gestorben sind?«

»Albrecht war überzeugt davon, dass seine Frau umgebracht wurde. Und der angebliche Herzinfarkt kombiniert mit der abrupten Häufung dieser einen Todesursache könnte ein Muster sein. Ich muss wissen, welcher Schließer oder welche Schließerin damals zugegen war als Irene Albrecht starb.«

Zoe atmete schwer aus. »Du glaubst an einen Serienkiller in Uniform.« Maike nickte, realisierte dann jedoch, dass ihre beste Freundin sie nicht sehen konnte. »Zumindest liegt das im Bereich des Möglichen. Lothar Albrecht kam hierher, nach Niederteerbach. Der Mann hat über dreißig Jahre lang den Mörder seiner Frau gesucht. Und hier wurde er selbst umgebracht.«

»Verstehe. Ich kümmere mich darum. Wenn es etwas zu finden gibt, finden wir es.«

»Danke.«

Sie verabschiedeten sich, und Maike beendete die Verbindung.

Martin hatte natürlich mitgehört. »Wir haben also einen Mörder, der seit über dreißig Jahren unsichtbar in Niederteerbach wohnt.« Es war mehr eine Frage als eine Feststellung.

»Niemand ist unsichtbar.« Maike lächelte in grimmiger Entschlossenheit.

»Und ich habe auch schon eine Idee, wie wir den Schleier des Vergessens lüften.«

7. Kapitel

Maike stoppte und schaltete den Motor aus.

»Und jetzt?«, fragte Martin.

»Jetzt steigen wir aus«, erklärte sie.

Genervt verdrehte er die Augen. »Ich wollte wissen, was wir hier tun? Wir wollten doch zum Stadtarchiv.«

Hinter ihnen öffnete Lukas die Tür und stieg aus.

Maike deutete auf die andere Seite des Feldwegs, wo sich eine Scheune gegen das triste Grau vor einem weiten Feld abzeichnete. »Da ist es.«

»Da ist was?«, fragte Martin.

Maike versuchte, nicht laut loszuprusten. Sie selbst war noch nie hier gewesen, aber wenigstens hatte Gabi sie vorgewarnt. »Das ist das Stadtarchiv von Niederteerbach. Na ja, eigentlich ist es das Archiv für alles.«

Martin starrte einfach nur und sagte dann: »Ich sag's ja: Hochzivilisation.« Durch den Regen war der Boden aufgeweicht, kleine Pfützen hatten sich hier und da gebildet. In der Luft lag der Geruch von Dünger. Sie warf einen kurzen Blick auf ihr Smartphone Display, in der Hoffnung, dass Zoe sich wieder gemeldet hatte. Doch hier draußen gab es – oh Wunder! – kein Netz. »Sie haben die Schlüssel, Lukas?«

Er klopfte sich auf die Hosentasche. »Jawohl.« Fehlte nur noch der Salut. Gemeinsam gingen sie über den Feldweg auf die Scheune zu. Feiner Nieselregen wurde ihnen vom Wind ins Gesicht geweht. Wie gerne hätte Maike sich jetzt in Jogginghosen auf die Couch geworfen. Ein leckerer Kaffee, ein wenig Musik, Crockett und Tubbs dazu kraulen.

»Landluft, herrlich«, sagte Martin grinsend. »Stell dir nur vor, ich müsste jetzt in Berlin in einem gemütlichen Café sitzen, kein Regen, nicht die Spur von Matsch. Ich würde ja richtig was verpassen.«

»Man soll Reisende nicht aufhalten.« Sie warf einen Blick auf eine imaginäre Uhr. »Oh, in zwanzig Minuten geht ein Flug zurück nach Berlin. Ich lasse dir das Ergebnis unserer harten Arbeit dann zukommen.«

»Na schön«, sagte er während er gerade einer matschige Pfütze auswich.

»Der Punkt geht an dich.«

»Die Führung kannst du nicht mehr aufholen.«

»Herausforderung angenommen.« Maike verdrehte die Augen, was in seiner Anwesenheit viel zu oft geschah.

»So, da wären wir.« Lukas, der die ganze Zeit so getan hatte, als hätte er nichts von der Unterhaltung mitbekommen, unterbrach den fachlichen Dialog. Er steckte den Schlüssel ins Schloss und versuchte, diesen zu drehen. »Es ist schon etwas älter.«

»Wäre mir unter dem ganzen Rost gar nicht aufgefallen«, sagte Maike. Martin lachte leise.

Lukas' Ohren nahmen einen zarten Rotton an. Er rüttelte an dem Vorhängeschloss, bis endlich ein Knacken zu hören war. Vermutlich hätten sie die rostige Kette, die beide Hälften des Tores miteinander verband, auch einfach anhusten können. Die Kettenglieder hätten sich wie die Pollen einer Pusteblume über das Feld verteilt.

Es quietschte, als Lukas die Tür zur Seite schob.

Dahinter erwartete sie ein Stillleben aus Sperrmüll. »Das ist jetzt ein Witz.«

Lukas wirkte überaus unglücklich. »Sie sehen es also auch sofort, Frau Pech. Dienstvorschrift 7 ...«

»Fangen Sie gar nicht erst an. Das hier verstößt doch garantiert gegen *alle* Vorschriften.«

»Das stimmt wohl.«

»Ist mir aber völlig egal«, stellte Maike klar. »Wichtig ist: Wie sollen wir hier etwas finden?«

Lukas zog ein zusammengefaltetes sehr großes Blatt Papier aus der Tasche und strich es glatt. »Gabi hat mir den Lageplan mitgegeben.« Martin schien das alles ungemein zu genießen. »So, so, ein Lageplan.« Auf dem Papier war die Scheune in einzelne Quadrate eingeteilt, in denen mit krakeliger Schrift Bezeichnungen standen. Diese waren leider nur stellenweise lesbar.

»Steht da: 500 g Hackfleisch?«, fragte Martin.

»Na du interpretierst ja lustige Dinge.« Maike beugte sich tiefer über die Karte. »Das steht da wirklich.«

Der Rotton von Lukas' Ohren nahm zu. »Also ... vor einigen Wochen hat Gabi ihren Mann besucht. Den Harald. In der Fressoase.« Er schwieg erwartungsvoll.

»Wir wissen, wer Harald ist«, sagte Maike. »Aber den Rest der Geschichte brauchen wir dann trotzdem noch.«

»Sie hat halt den Plan ... also, dahingelegt. Und dann musste der Harald was notieren. Hat er dann auch.«

»Auf dem Plan? Ist ihm nicht aufgefallen, dass da bereits etwas steht?!«

»Er war da wohl in Gedanken und hat drauflosgekritzelt.«

»Na ja, fällt prinzipiell ja nur auf, wenn man genauer hinschaut.« Martin hatte die Arme verschränkt und wirkte wie ein Ornithologe, der gerade eine fremde Spezies entdeckt hatte und mit Freude studierte.

»Außerdem würde es mich nicht wundern, wenn hier tatsächlich irgendwo 500 g Hackfleisch liegen.«

»Suchen wir einfach diese Akten«, sagte Maike.

Immerhin hatte das Genie, das all das hier verbrochen hatte, schmale Gänge zwischen den Bergen aus Gerümpel und Regalen freigelassen. An der Seite stand ein ausrangiertes Radio, hier und da lugten Aktenschränke an alten Tischen vorbei. Kurz gesagt:

Jemand hatte hier alles an städtischem Material entsorgt, das in die Rubrik ›alt‹ fiel.

»War übrigens 'ne tolle Idee«, sagte Martin.

Hatte er ihr gerade ein Kompliment gemacht? Sie musste sich irren. »Hast du mir gerade ein Kompliment gemacht?«

»Das hier könnte den Fall lösen.«

Womit er absolut recht hatte. »Möglich«, sagte sie aber nur, weil bescheidener Mensch und so.

»Ich bin kein Spezialist für die Wende, aber damals wurde einiges unter den Teppich gekehrt. Stasi-Mitarbeiter sind untergetaucht, haben neue Identitäten angenommen, Geld- und Sachmittel sind verschwunden.«

»Das Melderegister gab es glücklicherweise schon damals«, sagte sie.

»Wenn wir uns alle anschauen, die um die 90er-Jahre hierhergezogen sind und heute noch hier wohnen, muss unsere gesuchte Person dabei sein.«

Wer zog schon freiwillig nach der Wende nach Niederteerbach. Da wollte man sich doch verbessern und nicht drei Schritte rückwärts gehen, dachte Maike bei sich.

»Da links«, sagte Martin.

Er trug den Plan wie der Anführer einer Pfadfindergruppe, der seine Schützlinge durch unwegsames Gelände navigierte. Maike ging voraus, Lukas trottete hinterher. Der Schock über die Verletzung der Vorschriften zur sachgemäßen Lagerung von städtischem Eigentum war ihm noch immer anzusehen. Sein Blick glitt ständig auf einen weiteren Gegenstand, und er schüttelte den Kopf.

Gabi konnte sich auf was gefasst machen.

»Wer hat das alles hier eigentlich angelegt?«, fragte Maike.

»Der Chef von Gabis ehemaligem Chef«, erklärte Lukas. »Das muss in den 60ern gewesen sein. Damals hat man das alles wohl nicht so ernst genommen.«

»Kann man so sagen.« Maike betrachtete einen Fuchsschwanz- Schlüsselanhänger neben einem verstaubten Schwarz-Weiß-Bild der alten Wache.

»Seltsam.« Martin blieb stehen und starrte auf die Barriere, die vor ihnen in die Höhe wuchs.

Mehrere ineinander verhakte Tische versperrten den Weg.

»Lass mich raten, der Plan wurde schon lange nicht mehr aktualisiert.« Maike stöhnte genervt auf.

Lukas runzelte die Stirn. »Also die Gabi hat mir extra noch mal versichert, dass sie den Plan ständig erweitert.«

»Wäre vielleicht auch eine Idee, dieses ganze Zeug einfach fortzuschaffen«, merkte Maike an.

»Also das geht leider nicht«, sagte er.

»Und warum?«

»Wegen der Vorschriften, sagt Gabi. Das müsste erst alles noch mal genau katalogisiert werden, um festzustellen, was endgültig entsorgt werden muss. Manche Sachen könnten beim Transport ja beschädigt werden.«

»Ich glaube Gabi und ich setzen uns demnächst mal zusammen«, erwiderte Maike.

»Äh«, sagte Martin.

»Jaaa, Martin?«

»Also das ist jetzt ein bisschen lustig.«

»Und was genau?«

Er drehte die Karte. »Wir müssen auf die andere Seite.«

»Du hast die Karte falsch herum gehalten?!« Sie schnappte sich das Papier und verzichtete – ausnahmsweise – auf einen Kommentar.

Zu dritt ging es im Gänsemarsch wieder in die andere Richtung. Maike fragte sich, womit sie all das verdient hatte.

»Heutzutage nimmt man sein Smartphone, macht Maps auf und eine freundliche Stimme weist den Weg«, verteidigte sich Martin.

»Die freundliche Stimme bin jetzt ich«, sagte Maike. »Die nächstmögliche links.«

»In dem Fall ist ›mögliche‹ aber interpretierbar.« Martin atmete aus und zwängte sich zwischen den hervorstehenden Beinen einer seitlich platzierten Wand aus Bürostühlen auf der einen und dem Geweih eines ausgestopften Hirschs auf der anderen hindurch.

Der Durchgang war gerade breit genug.

Das gesamte Innere der Scheune glich einem Labyrinth. Es hätte Maike keinen Augenblick gewundert, wenn die Wände sich plötzlich bewegt hätten. Das konnte noch immer geschehen, eine falsche Bewegung und alles fiel in sich zusammen.

»Jetzt könnte man hier natürlich auch über den Arbeitsschutz nachdenken«, sagte Lukas.

»Was wir aber nicht tun«, stellte Maike klar. »Zielgerichtetes nach vorne arbeiten und nicht im Klein-klein verlieren. Das war schon in Berlin meine Devise.«

»Hat nicht genau diese Denkweise in dem hier gemündet?« Martin machte eine allumfassende Armbewegung.

Maike war zu sehr damit beschäftigt, die andere Seite des Durchgangs zu erreichen, ohne alles zum Einsturz zu bringen, als dass sie ihm hätte sagen können, wohin er sich diese Bemerkung schieben konnte. Zoe hätte bei der Breite des Durchgangs nicht einmal die Luft anhalten müssen. Lukas hatte natürlich auch keine Probleme.

Maike warf einen Blick auf die Karte und deutete auf eine Gruppe von Aktenschränken. »Dort vorne.« Sie stoppte in der Bewegung und lauschte. »Was war das?«

»Ich habe nichts gehört.« Doch Martin hielt ebenfalls inne.

»War da nicht ein Quietschen?«, fragte sie.

»Alles still«, sagte Lukas einen Augenblick später. »Es riecht nur nach Benzin.«

»Na dann.« Maike wollte gerade weitergehen, stoppte jedoch erneut.

»Benzin?!«

Im nächsten Moment roch sie den Rauch. Hinter den Reihen aus Gerümpel züngelte es orangerot.

»Zur Tür!«, rief sie.

Ohne weitere Worte rannten sie zurück in Richtung Scheunentor. Es blieb nur die Hoffnung, dass hier nicht auch alte Munition entsorgt worden war, zugetraut hätte sie es dem Niederteerbacher Polizeirevier. Im Sprint entdeckte sie einen Feuerlöscher, packte diesen ... und wäre beinahe rücklings zu Boden gegangen. Sie hatte ganz vergessen, wie schwer diese Dinger waren.

Lukas erwies sich als flinkes Kerlchen, der das Scheunentor als erster erreichte. Er zerrte an der Tür, doch die Kette war wieder vorgelegt worden. Von innen war das Vorhängeschloss nur leider nicht erreichbar, da half auch der Schlüssel nicht weiter.

»Wo ist das Feuer?« Maike hielt keuchend den Feuerlöscher in die Höhe und sah sich suchend um.

Rasend schnell breitete es sich an der Außenseite der Scheune aus, jemand musste ordentlich Benzin auf das Holz gekippt haben. Das Geräusch war also das quietschende Scheunentor gewesen, das eine unbekannte Person geschlossen hatte.

Martin schnappte sich den Feuerlöscher von Maike und rannte an eine Stelle, an der das Holz leicht brüchig wirkte. Das Gesicht weggedreht, richtete er den Sprühkopf des Löschers auf die Flammen.

»Du musst auf den runden Knopf drücken!«, rief Maike.

Martin schnaubte wütend. »Das habe ich. Aber da kommt nichts raus.« Lukas räusperte sich. »Das ist dann wohl der ausgemusterte Feuerlöscher.«

»Und wo ist der richtige?!«, fragte Maike.

Er deutete auf die Karte in Maikes Hand. »Der müsste eingezeichnet sein.«

»Das ist jetzt ein ganz, ganz schlechter Witz.« Sie suchte Gabis Karte ab und wurde tatsächlich fündig. In der Ecke gegenüber des Eingangs war eine Flamme aufgemalt.

»Hoffentlich nicht der ausgemusterte Aschenbecher ihres Chefs«, murmelte Maike.

Die Flammen leckten mittlerweile so hoch, dass auf dieser Seite nichts mehr zu machen war. Das Feuer war bereits auf die ersten Gegenstände im Inneren der Scheune übergesprungen. Eine Kiste voller Akten brannte lichterloh. Dichter Rauch breitete sich über ihnen aus, die Scheune verwandelte sich mit jeder Sekunde mehr in ein tödliches Inferno aus Rauch. In Kürze würden sie ersticken.

»Los, dort lang!«

Maike stürzte sich in Richtung Feuerlöscher. Bereits im Lauf wurde ihr jedoch klar, dass es für eine einfache Löschaktion zu spät war. Die Scheune stand längst in meterhohen Flammen. Ihnen blieben Minuten, dann würde die Todesfalle sich endgültig schließen.

8. Kapitel

»Und?« Thomas betrat Zoes Büro und deutete auf die Unterlagen. »Da ist wohl jemand neugierig.« Sie nickte.

Am liebsten hätte sie das alles mit Maike im Detail durchdiskutiert, aber die war nicht erreichbar.

»Es gab tatsächlich noch ein paar alte Akten«, sagte Zoe. »Die wurden glücklicherweise aufbewahrt. Ich bin noch nie so oft verbunden worden. Und langsam ergibt sich da auch ein Bild. Ich habe hier lauter Fax-Kopien mit Sauklauen-Text.«

Thomas schloss die Tür hinter sich, nahm auf einem der beiden Kunstledersessel Platz und lauschte in gespannter Erwartung.

»Schau mal hier.« Zoe schob ihm drei Papiere über die Tischplatte zu.

»Das sind die Namen einiger Insassinnen, die kurz vor dem Mauerfall gestorben sind. Es gab da eine überraschende Häufung abrupter Herzinfarkte.«

Thomas überflog die Zeilen mit gerunzelter Stirn. »Die sind alle zwischen fünfundzwanzig und vierzig, weiblich. Damit fallen sie statistisch gesehen nicht in die gefährdete Zielgruppe.«

Der Punkt war Zoe auch sofort aufgefallen. »Natürlich muss man bedenken, dass sie in Hoheneck einer ständigen Tortur ausgesetzt gewesen waren. Aber selbst dann, wäre diese Häufung zu diesem Zeitpunkt ... sagen wir auffällig. Siehst du noch etwas?«

Langsam huschte sein Blick über die Zeilen.

»Nicht wirklich. Der Rest sieht normal aus.«

Er fixierte den letzten Abschnitt der Seite, wo alle beteiligten Personen aufgeführt waren. »Das ist immer der gleiche Arzt, der unterschrieben hat.«

Thomas war nicht nur pfiffig, sie merkte auch bei der gemeinsamen Arbeit, dass sie auf dieselben Details achteten. Die kurzen Protokolle enthielten in wenigen Zeilen die offiziellen Angaben über den Tod der jeweiligen Insassinnen und den Grund, ein Herzinfarkt. Am unteren Rand hatte der Arzt unterschrieben, und zusätzlich waren überraschenderweise zwei Zeugen aufgeführt. Eine Obduktion hatte – wie nicht anders zu erwarten – nicht stattgefunden.

»Ich bin so ziemlich jedem auf den Geist gegangen, der etwas über Hoheneck weiß. Der Ort ist heutzutage übrigens eine Gedenkstätte. Gabi hat mir ein paar der Daten zugänglich gemacht. Doktor Axel Hoffmann, der hier unterschrieben hat, war tatsächlich Arzt in Hoheneck, er wechselte aber drei Monate vor dem Mauerfall an die Charité.«

»Er kann also gar nicht unterschrieben haben«, schloss Thomas.

»Die Fälschung ist gut, kaum zu durchschauen. Leider starb Hoffmann 1998. Da bekommen wir keine weiteren Informationen.«

»Eine Exhumierung macht da auch keinen Sinn mehr. Ist nicht mehr viel übrig. «

»Dafür bräuchten wir sowieso echte Beweise. Das ist keine kleine Sache, schon gar nicht, wenn es um potenzielle Vergiftungsopfer geht«, sagte Zoe.

Sie hatte länger über den Ablauf nachgedacht. Falls Lothar Albrecht tatsächlich einen Serienkiller gefunden hatte, der bereits damals zugeschlagen hatte, ging sie auch bei den Insassen von einer gänzlich anderen Todesursache aus.

»Da hat also jemand Insassinnen beseitigt und einen falschen Tod angegeben. Könnten es noch mehr Opfer sein?«

Zoe wiegte den Kopf von links nach rechts. »Hängt davon ab, ob es von oben gedeckt wurde.

Damals war jede Ebene der Hierarchie von strammen Funktionären besetzt.

Da könnten sich schon ein paar Hardliner gefunden haben und falls ein Klassenfeind stirbt, schaut man durchaus mal weg. Aber es wäre für die Täter gefährlich gewesen. Wenn da nur einer sein Gewissen entdeckt hätte ...«

»Also eher ein Aufräumen am Ende?« Thomas nickte langsam.

»Vielleicht lief da vorher schon etwas Übles und jemand wollte verhindern, dass ausgepackt wird. Also bringt er oder sie die entsprechenden Personen um, danach werden die Unterlagen gefälscht, damit niemand genauer hinschaut.«

»Und Irene Albrecht war eines der Opfer?«

Zoe nickte. »Falls wir recht haben, wäre sie ein weiteres Opfer gewesen. Ihr Tod fiel in die gleiche Zeit.«

»Und die hier aufgeführten Personen, die den Tod bezeugt haben?«

»Das wären eine Marianne Teltz und ein Maximilian Vogel. Willst du raten?«

Thomas lachte auf. »Sie haben Hoheneck ebenfalls kurz vorher verlassen?«

»Mitnichten«, entgegnete Zoe. »Aber beide sind tot. Zufälle gibt's ... Im Fall von Maximilian Vogel war es ein Autounfall. Marianne Teltz starb einige Tage später an einer Blutvergiftung in ihrer Wohnung.«

»Anders gesagt: Jeder der Beteiligten ist tot.«

»Ist bei uns ja immer so«, sagte Zoe und spürte die freudige Erregung der detektivischen Jagd. »Hier kommen die forensischen Daten ins Spiel. Das toxikologische Profil hat zwar nicht viel Neues gebracht, immerhin wissen wir aber, dass es definitiv Blausäure war. Ich kümmere mich als Nächstes um diese Rückstände an der Wunde.«

»Kaliumhexacyanidoferrat(III)«, sagte Thomas nachdenklich und ergänzte auf ihren fragenden Blick: »Ich finde die Sache auch spannend. Wir hatten noch Glück, dass sich die Substanz gehalten hat.«

Zoe schob die Aktenkopien beiseite und richtete sich kerzengerade auf. Thomas besaß ein Händchen für die Toxikologie. »Erzähl mir mehr.«

»Kaliumhexacyanidoferrat(III) ist gelblich, zersetzt sich aber im Licht und bildet dabei Eisen(III)-hydroxid (FE(Oh)3).«

»So muss sich Maike fühlen, wenn ich ihr Details über das Innenleben von Leichen erzähle.«

Thomas lachte auf. »Ich erinnere mich an einen Abschnitt in einem Buch, da ging es um Alchemie.«

»Alchemie«, sagte Zoe verdutzt. »Mit dieser Richtung hätte ich jetzt so gar nicht gerechnet. Hat jemand versucht, Gold herzustellen, und versehentlich kam Blausäure dabei heraus?«

»Bei meinem Gehalt hätte ich nichts dagegen.« Seine Stimme bekam einen verschwörerischen Klang. »Das bleibt dann aber unter uns.«

»Und Maike«, sagte Zoe ebenso leise.

»Bei dem, was du über ihre Wohnung erzählt hast ... okay.«

»Hey, die ist gemütlich. Nur etwas klein. Und schlecht geschnitten. Und ... lassen wir das.« Zoe winkte ab. »Wir waren bei Alchemie.«

»Kaliumhexacyanidoferrat(III) wird auch Rotes Blutlaugensalz genannt. Alchemisten haben vor langer Zeit Blut mit Knochen, Horn und Kaliumcarbonat vermischt und erhitzt. Der Rückstand wurde ausgelaugt und et voilà am Ende hatten sie – je nach Menge der erhitzten Luft – entweder rotes oder gelbes Blutlaugensalz. Und jetzt pass auf ...«

Er schwieg.

»Ja?«, fragte Zoe gespannt.

»Ich wollte nur ein wenig die Spannung anziehen.«

Sie warf ihm einen ›Ich habe ein Skalpell in der Schublade‹-Blick zu.

»Okay, okay. Kaliumhexacyanidoferrat(III) ist in gewissen Grenzen gefährlich. Wenn man es mit Säuren verwendet, entsteht nämlich ...«

»Blausäure«, hauchte Zoe.

»Bei unsachgemäßer Anwendung, jap.«

»In dem Fall war das wohl eher Absicht«, sagte sie leise. »Jemand hat das Zeug genutzt, um Blausäure herzustellen, aber an der Spritze muss sich ein Rest abgelagert haben. Und der ist mit der Wunde in Berührung gekommen.«

»Und wozu so einen Aufwand?«, fragte Thomas. »Blausäure ist nicht umsonst ein gängiges Mittel der Vergiftung. Wieso nicht einfach Apfelkerne zerstoßen und diese in einen Kuchen geben. Durch den Bruch der Schale wird das Gift in den Kernen freigesetzt.«

»Man bräuchte aber verdammt viele. Und sie müssten oral eingeführt werden. Selbst jemand, der bewusstlos geschlagen wurde, kann sich durch den Würgereflex aufbäumen. Das ist eine unsaubere Sache, die wir sofort bemerken. Außerdem vergisst du das Profil. Serienkiller haben in den meisten Fällen ein Muster, nach dem sie vorgehen.«

»Das klingt wirklich so, als wären die Frauen in Hoheneck ebenfalls mit Blausäure vergiftet worden ...«

»Was wir noch irgendwie beweisen müssten, aber es wäre eine Arbeitshypothese«, bestätigte Zoe.

»... und deshalb wollte unser Mörder das Ganze hier genauso halten.« Er dachte kurz darüber nach und nickte dann. »Rein statistisch würde das passen. Und das Muster wäre solide.«

»Und nicht nur das.« Zoe schnippte in einem Moment der Erleuchtung mit den Fingern. »In der ehemaligen DDR konnte man nicht so einfach an Äpfel oder einen Pfirsich gelangen. Wie also Blausäure herstellen? Da bietet sich dieses Verfahren doch an. Kommt man leicht an dieses ...«

»Kaliumhexacyanidoferrat(III)«, half Thomas aus. »Die genauen Details müsste ich recherchieren. Letztlich hätte man es natürlich mit dem erwähnten Prinzip herstellen können. Knochen, Proteine, das alles konnte man sich in der DDR beschaffen.

Um die Reaktion für die Blausäuregewinnung abzuschließen, benötigt es aber auch Säuren. Das hätte damals vielleicht ein Problem dargestellt.«

»Reicht da einfacher Essig?«

»Zum einen benötigen wir starke Säuren, zum anderen muss das Ganze ja in eine entsprechende Reaktion gebracht werden«, merkte Thomas an.

»Dafür ist auch Vorwissen nötig.«

»Es könnte ein Pärchen gewesen sein«, überlegte Zoe laut. »Auf der einen Seite vermutlich eine Schließerin. Damals wurde da doch garantiert geschlechterspezifisch aufgeteilt.« Sie machte sich eine Notiz, das zu recherchieren. »Ihr Mann oder eine Freundin oder irgendwer im Familienumfeld könnte Chemiker oder Apotheker gewesen sein.«

»Das kann deine Freundin doch sicher überprüfen«, schlug Thomas vor.

»Tja, so einfach ist das eben nicht. Wir sprechen hier nicht von aktuellen Formularen, die ausgefüllt wurden. Die Menschen damals *wollten* teilweise nach dem Mauerfall, dass ihre Taten nicht bekannt werden. Da können wir nicht auf ein Familienfoto in den Sozialen Medien hoffen.« Zoe knabberte verärgert an ihrer Unterlippe. »Wir sind auf der richtigen Spur, ich kann es spüren.«

Wieder nahm sie das Smartphone und versuchte, Maike zu erreichen. Erneut ging nur die Mailbox ran.

»Was treibt sie nur? Uns brennt es hier unter den Nägeln, und sie zieht mit Martin durch Niederteerbach.« Sie fasste einen Entschluss. »Ich kontaktiere Gabi. Vielleicht kann die mir zum Tod von Maximilian Vogel und Marianne Teltz etwas sagen. Wenn zwei ehemalige Schließer zu Tode kommen, muss doch jemand genauer nachgeschaut haben.«

»Bei einem Autounfall hat garantiert kein Staatsanwalt eine Obduktion angeordnet«, sagte Thomas. »Und was war die andere Todesursache nochmal?«

»Blutvergiftung.« Zoe rieb sich die Schläfen. »Dann gibt es höchstens einen Unfallbericht.«

Sie spürte das vertraute Gefühl von Frustration in sich aufsteigen, das sich mit Tatendrang mischte. Sie wollte das Rätsel lösen, den Schleier des Vergessens von diesem Mordfall ziehen. Es kam ihr vor wie ein komplexes Puzzle aus Fakten, Lügen und Halbwahrheiten.

»Kriegen wir noch irgendetwas aus der Leiche raus?«, überlegte sie halblaut.

»Alle Organe wurden ordnungsgemäß entnommen«, sagte Thomas trocken.

Zoe lachte laut. »Und ich fürchte, das hilft uns nicht weiter. Wir wissen, wie Lothar Albrecht starb. Wir kennen die Substanz und vermutlich die Herstellung. Diese basiert auf einem Verfahren, das leider zu simpel ist, als dass wir es sofort einem bestimmten Berufszweig zuordnen können.« Wie immer gab es ein Dutzend Wege zu einer möglichen Lösung, doch nur einer würde der richtige sein. Es blieben zwei tote Schließer, ein verstorbener Arzt, der nicht mehr befragt werden konnte. Ein Opfer, das offenbar Gerechtigkeit für seine Frau wollte.

In Gedanken ging Zoe mögliche Berufe durch, die es leicht machten, an Säure zu gelangen. Leider gab es viele davon. Vom Apotheker bis zur Reinigungskraft war es ein weites Feld. Natürlich stellte sich auch die Frage, ob die potenzielle Mörderin aus Niederteerbach stammte oder sich einfach mit Lothar Albrecht dort getroffen hatte. Aufgrund des Karnevals waren alle Hotels in Köln und Umgebung ausgebucht. War er also vielleicht in der Not nur auf den Ort ausgewichen?

In dem Fall wäre es fast unmöglich, die potenziellen Täter einzugrenzen. Thomas saß in Gedanken versunken auf dem Stuhl vor ihrem Tisch und rätselte ebenfalls. Es war immer eine Genugtuung, wenn sie Tage oder Wochen nach einer Obduktion erfuhren, dass der Täter gefasst worden war. Es verlieh ihrer Arbeit Gewicht.

Zoe genoss es, dass sie endlich wieder mit Maike über Fälle plaudern konnte. Nicht via Telefon oder Videotelefonie, sondern im echten Kontakt. Persönlich. Sie hatte ihre beste Freundin vermisst.

Immer wenn ihre Gedanken in diese Richtung gingen, blitzte auch alles andere auf. Die Abende voller Lachen am Lagerfeuer. Der Geruch von frischen Sonnenblumen, als sie zu dritt über das Feld gerannt waren. Dichter Schnee, der die weiten Felder bedeckte, als sie zu dritt ...

»Alles in Ordnung?« Thomas' Stimme schnitt ihre Erinnerungen ab.

»Natürlich.« Zoe räusperte sich. »Ein wenig übermüdet. Gestern wurde es spät.«

Thomas erhob sich und deutet auf die Papiere. »Halte mich auf dem Laufenden.«

Sie versprach es ihm. Er verließ den Raum, die Tür blieb offen. Zoe schnappte sich erneut das Smartphone und wählte Maikes Nummer. Wieder ging die Mailbox ran.

»Niederteerbach mag ja am Stoffwechsel-Entausscheidungsprodukt-Organ der Welt liegen«, murmelte sie. »Aber der Handyempfang war doch recht gut.« Besser als in manchen Stadtteilen in Köln, wie sie zugeben musste.

Wo war Maike also?

9. Kapitel

Grundsätzlich konnte Maike die Richtung einschätzen, in der sich der Feuerlöscher befand, bedauerlicherweise sorgte das verrückte Labyrinth dafür, dass sie nicht auf geradem Weg dorthin durchkamen.

Die Flammen leckten immer höher an der Scheunenwand empor. Vermutlich hatte der Konstrukteur dieses ›Archivs‹ gleich noch besonders brennbare Farbe benutzt. Damit es auch schön zündete. Der Fuchsschwanz war längst Opfer der roten Glut geworden, zusammen mit der halben Büroeinrichtung im südlichen Teil der Halle.

Maike keuchte schwer, als sie nur noch eine Reihe von dem Feuerlöscher entfernt waren.

»Die nächsten Tage gehen wir mal zusammen joggen«, sagte Martin und prescht-taumelte an ihr vorbei.

»Das ist der Rauch«, gab sie zurück und ergänzte leiser: »Und die verdammte Currywurst.«

Endlich erreichten sie das von Gabi mit einer Flamme markierte Areal der Scheune. Und tatsächlich stand dort auch ein Feuerlöscher. Wie sich herausstellte, hatte der Brandstifter das Benzin rund um die Bretterwand verteilt.

Die Flammen hatten sich von der Quelle ringartig ausgebreitet. Auf dieser Seite züngelten sie noch nicht ganz so hoch, doch das würde sich in Kürze ändern.

»Schnell, Martin!«, rief Maike.

Martin stand der Schrecken ins Gesicht geschrieben, und ausnahmsweise verzichtete er auf einen bissigen Kommentar. Er hielt den Feuerlöscher in die Höhe, löste die Sicherung und betätigte den Auslöser. Es zischte. Weißer Schaum verteilte sich auf den Flammen an der Wand direkt vor ihnen.

»Wenigstens ein Feuerlöscher, der ...«

Es zischte, aus der Schaumfontäne wurde ein kurzes Spucken.

»... eindeutig zu schnell leer ist.« Maike betrachtete in zunehmender Verzweiflung die Bretterbarriere vor ihr. »Jedes zweite Gebäude hängt windschief in den Angeln, aber hier hauen sie massives Holz kerzengerade an die Wand. Nicht zu fassen.« Sie eilte an jene Stelle, die durch den Löschschaum von Brand zu Kokeln gewechselt hatte.

Einmal kurz Luft holen, dann warf sie sich gegen das Hindernis. Und prallte unter Stöhnen zurück.

»Ja, in Filmen sieht das immer leichter aus«, kommentierte Lukas.

Wie gerne hätte sie ihn jetzt einfach als Rammbock benutzt, aber er war nun mal ein Strich in der Landschaft und eignete sich höchstens als Brechstange.

Mittlerweile setzte zunehmend die Rauchentwicklung ein. Schwaden zogen durch die Scheune, schwarze Wolken stiegen in die Höhe. Maike hustete sich die Seele aus dem Leib.

»Das gibt 'ne Raucherlunge«, versuchte sich Martin an einem Scherz. Seine Augen verrieten jedoch Angst. Sie mussten einen Weg hier herausfinden und zwar so schnell wie möglich.

»Wir könnten ...«, begann Lukas.

Im nächsten Augenblick knallte es, Raketen sausten durch die Luft, und ein Feuerwerk erblühte.

Ein Körper prallte gegen Maike, starke Arme drückten sie zu Boden. Sie roch ein moschusartiges Aftershave mit Zitrusnote, das sofort von beißendem Brandgeruch verdrängt wurde.

»Danke«, flüsterte sie.

Martin schien selbst darüber verblüfft, dass er sich im Reflex auf sie geworfen hatte. »Gerne. Unter Kollegen macht man das ja so.«

»Leben retten?«

»Es zumindest versuchen.«

Lukas hatte Deckung hinter einem Sarg gefunden, wie Maike verblüfft registrierte. Er hatte sich dabei aber heftig gestoßen, sodass an seiner Stirn eine große Wunde klaffte. Als er aufstehen wollte, verdrehte er die Augen und sackte zusammen. Martin schlug ihm leicht gegen die Wange, worauf er sofort wieder erwachte. Blut lief über das Gesicht.

»Können Sie noch gehen?«, brüllte Martin.

Lukas nickte kurz. Seine Lider flatterten. »Kriege ich schon hin.« Was lief in dieser dämlichen Scheune eigentlich falsch.

Sie rappelten sich auf. Der Sarg brachte bedauerlicherweise gleichzeitig die Erinnerung an die Vergangenheit – ihre Nacht mit Philipp – und ein Ausblick auf die Zukunft. Wobei es da eher nach Feuerbestattung aussah.

»Was zur Hölle war das?!«, fragte Martin.

Lukas gab hustend die Antwort. »Na ja, zu Silvester ist ja öfter alles knapp. Bier und Feuerwerk. Deshalb wird hier auch immer ein Vorrat eingelagert.«

»Ich fange an, den Sinn von Sicherheitsvorschriften zu verstehen«, grummelte Maike.

Eine letzte einsame Rakete zündete über ihnen.

»Feuerwerk in brennbarer Umgebung.« Sie schüttelte den Kopf und hustete.

Martin hatte zwischenzeitlich seinen Pullover ausgezogen und hielt ihn sich vor das Gesicht. Lukas und Maike taten es ihm gleich.

»Hier!«, rief Martin von links. »Dieses Regal steht nah genug.«

Maike begriff sofort. Sie packte die eine Seite, Martin stemmte sich gegen die andere. Lukas drückte schwach in der Mitte. Berge aus Aktenordnern türmten sich auf. Direkt über ihrem rechten Auge sah sie die Beschriftung:

»Niederteerbacher Polizeiball 1996.« natürlich sauber aufgereiht. Während die alten Fallakten in irgendeinem Eck verrotteten.

»Loooos!«, keuchte Martin.

Das Regal neigte sich und kippte mit einem quietschenden Laut nach hinten. Wie ein fallendes Hochhaus, das auf seinem Weg in die Tiefe die Wolkendecke durchstieß. Eine unaufhaltsame Kraft.

Das Regal donnerte gegen die Wand ...

... die keinen Kratzer davontrug.

Während die Aktenordner herunterprasselten, wie fallende Tauben, starrte Maike schockiert die Bretterfront an. »Aus was besteht diese verdammte Wand?!«

»Holz«, fühlte sich Lukas bemüßigt zu sagen.

»Das war eine rhetorische Frage«, stellte Maike klar.

Mittlerweile war der Rauch so dicht, dass sie bei jedem zweiten Satz in Husten ausbrach, das Atmen fiel ihr zunehmend schwer.

»Wir müssen irgendwie die Bretter an einer Wand lösen«, sagte Martin.

»Der Hof von Bauer Palmer ist in der Nähe, der hat das Feuer bestimmt längst entdeckt und die Feuerwehr gerufen«, sagte Lukas.

»Bisher sehe ich hier aber niemanden«, entgegnete Maike. »Bis die hier sind, ist die Scheune ein kleines Häufchen Asche – quasi unser Grabstein.«

Lukas wurde bleich, und Maike taten ihre Worte sofort leid.

»Immer positiv denken«, sagte Martin und brach in einen gewaltigen Hustenanfall aus.

»Genau«, sagte Maike trocken.

Viel mehr wollte ihr einfach nicht einfallen. Denn die Situation hatte eindeutig einen Drall zum Negativen. Andererseits gab es eine große Zahl bisher nicht verbrannter Gegenstände, die sie möglicherweise nutzen konnten.

Maike entfaltete den Plan von Gabi. Mit tränenden Augen versuchte sie, die Details zu entziffern. »Da!« Sie tippte auf die Beschriftung ›altes Werkzeug – eBay?‹.

Viel mehr Worte waren nicht notwendig. Der Lagerort befand sich drei Gänge voran, einer nach rechts. Bedauerlicherweise war mittlerweile alles so voller Qualm, dass der Blick nicht weiter als zwei Schritte reichte. Sie mussten sich an der Wand abstützen. Jetzt kam es ihnen zugute, dass es sich um recht schmale Wege handelte, niemand konnte sich verirren oder im Rauch verlorengehen.

Andererseits würden sie wie ein Streichholz verbrennen, wenn dieser Bereich abfackelte.

Sie erreichten den Gang. Und obwohl nichts zu erkennen war, beschleunigte Maike ihre Schritte. Dann, endlich, lag vor ihr das ersehnte Werkzeug. Hammer, Säge, Axt und sonstiges Zeug. Alles rostig.

Zielsicher schnappte sie sich die Axt und holte aus, was beinahe eine Gehirnerschütterung für Martin bedeutet hätte, der soeben hinter ihr ankam. Lukas sah gar nicht gut aus. Er presste sich seinen Pulli gegen die Wunde, das Gesicht war kreidebleich.

Maike ließ die Axt auf den freien Bereich neben dem aufgestellten Werkzeug fahren. »Das wird nichts«, keuchte sie.

Martin tippte ihr auf die Schulter und deutete nach links. Maike drehte sich um. Vor ihr stand ein Traktor.

Das Feuer hatte die Maschine bisher nicht erreicht. Ob er noch fuhr, war die andere Frage. Er stand so nah am Holz, dass ein kurzer Satz schon genügte, um die Wand zu durchbrechen.

Ohne lange zu überlegen, sprang sie auf und setzte sich hinter das Steuer. Martin stützte Lukas. Gemeinsam zwängten sie sich in Maikes Rücken in den Fahrbereich.

»Los!«, brüllte ihr Martin ins Ohr.

»Ich bin nicht taub!«, brüllte sie zurück. »Jetzt allerdings vermutlich schon.«

Der Schlüssel steckte. Maike richtete ihren letzten verbliebenen positiven Gedanken darauf, dass sie doch bitte überleben wollte. Was würde Zoe andernfalls ohne sie tun? Und Jens? Die waren doch aufgeschmissen.

Sie drehte den Schlüssel und betätigte den Anlasser. Der Traktor ruckelte kurz, bockte, dann lief der Motor. Maike handelte wie eine Maschine, führte Bewegungen aus, die einfach richtig sein mussten. Längst war ihr Pullover schweißdurchtränkt, sie hielt ihn trotzdem vor Mund und Nase. Ihre Augen tränten, Luft schien es keine mehr zu geben.

Sie drückt das Gaspedal durch.

Der Traktor machte einen Satz nach vorne, durchbrach die Bretterwand und blieb direkt dahinter stehen. Der Motor erstarb. Gemeinsam sprangen sie aus der winzigen Fahrerkabine. Es regnete noch immer. Kühle Tropfen prasselten auf ihr Gesicht und Maike dankte dem miserablen Wetter von Niederteerbach, während sie im Matsch lag.

Lukas saß wie ein Häufchen Elend neben ihnen und hielt sich die Wunde. Er begann zu zittern.

In der Ferne erklangen die Sirenen, Blaulicht flackerte. Die Scheune glich längst einem gewaltigen Scheiterhaufen, dessen Flammen weit in den Himmel ragten. Spätestens jetzt wusste ganz Niederteerbach Bescheid.

»Da geht unser Melderegister hin«, sagte Martin und saugte tief die Luft in die Lungen, »da dürfte nicht viel zu retten sein.«

»Und natürlich wurde die Digitalisierung da jetzt nicht unbedingt beschleunigt durchgeführt.« Maike schüttelte den Kopf. »Alles weg. Ich hoffe nur, die Scheune war nicht auch die Asservatenkammer.«

Lukas schüttelte nur den Kopf.

Maike zog den Plan aus der Tasche und betrachtete die krakelige Schrift und die Symbole. Den würde sie einrahmen und in der Wache aushängen. Als Mahnung, dass das nächste Archiv den Vorschriften entsprechen musste. Das würde Lukas auch etwas trösten, er konnte es jeden Tag anschauen. Und bei zukünftigen Diskussionen darauf verweisen.

»Vielleicht werfe ich es doch besser ins Feuer. Sonst lege ich mir selbst ein Ei«, sagte sie leise zu sich selbst.

Endlich war die Feuerwehr da, dicht dahinter kam ein Krankenwagen. Die Feuerwehrleute sprangen heraus und kamen angelaufen.

»Sind Sie in Ordnung? Oh, Frau Pech.« Die Augen weiteten sich vor Verblüffung. Das Gesicht wirkte jung, aber markant. Er konnte keinesfalls älter als Ende zwanzig sein.

»Wir haben ein bisschen viel Rauch ...« Sie hustete.

»Alles klar. Wir brauchen hier Sauerstoff!«, brüllte er und winkte gleichzeitig dem Krankenwagen zu.

»Er zuerst«, Maike deutete auf Lukas. »Vermutlich Rauchvergiftung und Platzwunde. Mögliche Gehirnerschütterung.«

Einer der Sanitäter kümmerte sich sofort um den noch immer kreidebleichen Lukas. Ein anderer reichte ihr eine Sauerstoffmaske.

Aus der Ferne sah sie den blauen Citroën von Ingo Brandt näher kommen und schloss die Augen. Dieser Tag konnte einfach nicht mehr schlimmer werden.

Sie irrte sich.

Neben dem Journalisten stieg Bürgermeisterin Sabine Graefe aus und kam herbeigeeilt. »Nein Herr Seidel, geht es Ihnen gut?« Sie blickte bedrückt auf Martin.

»Äh«, sagte Maike.

»Alles bestens«, erwiderte dieser.

»Sie sehen aber sehr mitgenommen aus, Frau Pech«, widmete sich die Bürgermeisterin erst danach Maike. »Schlimmer als sonst. Hat es sie böse erwischt?«

Ohne eine Antwort abzuwarten und Lukas' ignorierend wandte sie sich Martin Seidel zu. Es folgte eine Litanei über den korrekten Brandschutz, für den sie sich so stark machte. Bis einer der Feuerwehrleute das Wort ›Brandstiftung‹ fallen ließ. Es folgte ein aalglatter Schwenk zur Verbrechensbekämpfung, die sie seit Jahren förderte.

Maike ließ alles über sich ergehen und atmete den Sauerstoff. Langsam und tief, ein und aus. Lukas wurde abtransportiert. Mittlerweile musste die Feuerwehr die Situation durchgegeben haben, denn weitere Krankenwagen trafen ein.

Widerstand war zwecklos.

Maike wurde auf eine Bahre gelegt und konnte sich aufgrund eines erneuten Hustenanfalls nicht einmal zur Wehr setzen. Natürlich alles unterlegt vom Blitzlicht der Kamera.

Vermutlich prangte sie morgen mit einer gewaltigen Schlagzeile auf dem Titelblatt. Was würde Zoe dazu sagen?

10. Kapitel

Zoe stoppte den SUV, beugte sich über den Beifahrersitz und öffnete die Tür. »Spring rein.«

»Springen geht mal gar nicht.« Maike sackte förmlich auf den Sitz und schloss die Tür.

Der Regen perlte über die Windschutzscheibe und wurde kurz darauf von den Scheibenwischern weggeschoben. Die freie Sicht hielt nur Sekunden. Der Eingang zum Krankenhaus war hell erleuchtet, ein Pfleger stand an der Seite neben einem Aschenbecher. Sofort roch Maike wieder brennendes Holz, spürte ihre belegte Lunge.

»Geht es dir gut?«

»Blühendes Leben.« Maike röchelte drauf los wie ein rauchender Asthmatiker.

»Was ist mit Martin und Lukas?«

»Beide weniger blühendes Leben. Unser Berliner darf die Nacht unter Beobachtung verbringen. Ich fürchte, dass der Lukas sogar noch einen Tag dranhängt. Er hat ’ne üble Platzwunde, Verdacht auf Gehirnerschütterung kommt dazu.«

Zoe startete den Wagen und fuhr zurück auf die Straße. Da Niederteerbach kein eigenes Krankenhaus besaß, war Maike hier in Köln ins Krankenhaus Merheim eingeliefert worden. Als Zoe von Gabi angerufen worden war, hatte sie schon geahnt, dass etwas nicht stimmte. Purer Instinkt. Sie war sofort losgefahren.

Mittlerweile hatte sich Dunkelheit über das Land gelegt, und Maike blickte vom Beifahrersitz auf die vorbeihuschenden Lichter. Sie war ungewohnt schweigsam.

»War es so knapp?«, fragte Zoe.

»Schon. Man kann das schwer in Worte fassen. Ich habe viel über Feuer gelesen, aber wenn du mittendrin steckst. Überall Rauch, kaum Atemluft, alles brennt ... für einen Moment dachte ich echt, dass es das war. Aber du weißt ja ...«

»Unkraut vergeht nicht?«

»Ich dachte jetzt eher an: Was mich nicht umbringt, macht mich stark, hart und schlau. Aber von mir aus.« Maike deutete ein Lächeln an.

Zoe konnte trotzdem spüren, dass sie aufgewühlt war. »Habt ihr die Unterlagen retten können?«

»Keine Chance. Alles zu Asche verbrannt.«

»Interessanter Zufall. Ihr steht kurz davor, die Identität der Mörderin oder des Mörders aufzudecken und schon fackelt der Hinweis ab.«

»Wenn ich an eine Sache nicht glaube, dann an Zufälle. Leider liegt diese verdammte Scheune so abgelegen, dass es keine Zeugen geben dürfte. Gibt es auf deiner Seite noch etwas Neues?«, fragte Maike hoffnungsvoll. Während Zoe ihr Inneres Om suchte, da sie erneut im Baustellenstau standen, berichtete sie von dem Gespräch mit Thomas zum Thema Blausäure.

»Na toll. Und gibt es da noch etwas zu diesem Eisendingsda zu wissen?«

»Kaliumhexacyanidoferrat(III)«, sagte Zoe. »Ich habe gerade angefangen, mich einzulesen, als die Gabi mir von deinem Beinahetod berichtet hat. Sie war ziemlich aufgelöst. Saß alleine auf der Wache und wusste nicht, was sie tun sollte. Bürgermeisterin Graefe kam dann noch mit diesem Brandt und der wollte eine Stellungnahme.«

Maike schloss die Augen und die Mordgedanken waren auf ihrem Gesicht deutlich sichtbar. »Ich schwör dir, ich lasse mich irgendwann als Gegenkandidatin aufstellen.«

Bei dem Gedanken konnte Zoe ein lautes Lachen gerade noch zurückhalten.

Vermutlich genügte eine einzige Pressekonferenz, um Maike aus jedem politischen Duell zu kicken. Für diese Arena war sie zu ehrlich, zu direkt.

Sie legten die restliche Fahrt schweigend zurück. Kurz vor ihrer Wohnung fragte Maike: »Was ist mit meinem Auto?«

»Die Graefe hat organisiert, dass es von der Stadt abgeschleppt wird«, sagte Zoe. »Es steht jetzt auf dem Parkplatz vorm Revier. Pfiffig ist sie ja. Aber ob du die Radklemme ohne einen ausführlichen Bericht der Ereignisse wieder los wirst, sei dahingestellt.«

»Notfalls fahre ich ab sofort mit Lukas' Pillendose.«

Was sie natürlich, wie Zoe wusste, niemals tun würde. Die Platzangst ließ sie nicht mal mehr in die Nähe des winzigen Twizy kommen. »Oder du fragst einfach Gabi, die kennt doch bestimmt jemanden beim Ordnungsamt.«

Zoe parkte den Wagen vor Maikes Wohnung, stellte den Motor ab und stieg aus. Aus dem Kofferraum nahm sie zwei ziemlich vollgestopfte Einkaufstüten.

»Was ist das?«, fragte Maike.

»Unser Abendessen.«

»Ach so.«

»Flüssig«, ergänzte Zoe.

»Jetzt verstehen wir uns.« Maike grinste breit und hustete.

»Das klingt aber gar nicht gut.«

Ihre beste Freundin winkte ab. »Raucher müssen sich jeden Tag so fühlen, da überstehe ich das schon. Und gleich starten wir mit der Desinfektion.«

Sie öffnete die Tür und beide traten ein. Quietschende Treppenstufen begleiteten sie bis zur Wohnungstür, aber wenigstens roch der Hausflur frisch gewischt.

Als sie die Wohnung betraten, konnte Zoe gerade noch den Schwanz von Crockett sehen, der geradeaus hinter dem Wohnzimmer im Schlafzimmer verschwand.

Zoe streifte ihre Schuhe ab, stellte sie säuberlich neben die Tür und ging in die Küche. Aus den Augenwinkeln konnte sie sehen, wie Maike ihre Sneaker auszog und wegkickte.

Tubbs hatte es sich in der Küche bequem gemacht, saß vor der Dusche und starrte hinein. Was vermutlich an dem tropfenden Duschkopf lag.

»Na du.« Zoe legte die Einkaufstüten auf dem Tisch ab, ging in die Knie und begrüßte den pelzigen Racker mit ein paar Streicheleinheiten. Er begann sofort zu schnurren.

Maike ließ sich auf einen der Stühle fallen. Sie wirkte bleich und verströmte den Geruch von Aschenbecher und Grillkohle.

»Wie wäre es, wenn du erstmal duschen gehst«, schlug Zoe vor. »Ich kümmere mich in der Zwischenzeit um alles.«

»Ist das nicht toll, ich kann dir von der Dusche aus zusehen.«

Maike verschwand im Schlafzimmer und kehrte kurz darauf mit einem Handtuch um den Körper zurück in die Küche. Tubbs schoss davon, als sein Frauchen in die Dusche stieg. Das Prasseln von Wasser erklang, und der Geruch von Shampoo zog durch die Küche.

Zoe zog die Flaschen aus der Tasche. Sie hatte verschiedene Säfte, Limetten, Wodka und Sekt gekauft. Dazu zwei dicke Tafeln von Maikes dunkler Lieblingsschokolade – Marzipan. Heute war alles erlaubt, die Katerstimmung war für den nächsten Tag reserviert.

Gerade als sie fertig war, schaltete Maike die Duschbrause ab, stieg aus und griff sich das bereitliegende Handtuch. »Ich verschwinde kurz.«

Und schon war sie wieder im Schlafzimmer.

Das schrille Klingeln an der Tür ließ Zoe zusammenfahren. Diese Wohnung war eine Folterkammer. Vor allem im Vergleich zu dem weichen Dreiklang ihrer Klingel.

»Ja?«, fragte sie in die Sprechanlage. Keine Antwort.

»Du musst ein wenig dran rütteln«, rief Maike. »Die hat seit gestern einen Wackelkontakt.«

Zoe griff nach dem Gerät und rüttelte leicht daran. »Hallo?«

»Ja, hallo?«, erklang eine männliche Stimme.

»Wer ist da?«

»Immer noch Jens Breuer. Und wer ist dort oben?«

»Oh, Zoe hier. Ich lass dich rein.«

Sie betätigte den Summer, der glücklicherweise keinen Wackelkontakt aufwies. Im Hausflur erklangen schwungvolle Schritte, dann stand Maikes Chef und Freund vor ihr. Er wirkte müde, trotzdem strahlte er Energie aus.

»Ich hoffe, deine beste Freundin liegt im Bett.«

»Auch schön, dich zu sehen.«

Sie umarmten sich kurz. Zoe wusste, dass Maike ohne die Hilfe von Jens niemals hierher nach Niederteerbach gekommen wäre. Er hatte die Versetzung ermöglicht, im Hintergrund hier und da an dem ein oder anderen Faden gezogen. Und er wusste von Billie.

»Du siehst müde aus.«

»Du kennst das doch, mit den Kindern ist das so eine Sache.«

Sie wusste, dass Jens und sein Ehemann mittlerweile Nachwuchs hatten.

»Im welchem Alter ist die Kleine jetzt?« Zoe schloss die Tür.

»39 und störrisch wie ein Nilpferd.« Er nickte in Richtung Maike.

»Du bist unmöglich.« Sie grinste.

»Was ist denn das für eine Art mit dem Opfer von Brandstiftung zu sprechen?« Maike hatte sich eine

Jogginghose übergestreift, dazu ein einfarbiges Shirt. Obendrein blickte sie total unschuldig in die Runde.

»Was hat sie denn angestellt?«, fragte Zoe.

»Sich auf eigenen Wunsch aus dem Krankenhaus entlassen«, erklärte Jens. »Die Ärzte wollten sie eine Nacht zur Beobachtung dabehalten.«

»Maike!« Zoe funkelte sie an, was leider den gleichen Effekt hatte, wie bei Sarah. Gar keinen.

»Jetzt entspannt euch mal beide«, sagte Maike leichthin. »Die wollten nur auf Nummer sicher gehen und meine Privatversicherung schröpfen. Es ist alles gut. Morgen ist die Pech'sche Lunge wieder perfekt.« Eine Hustenattacke später ergänzte sie: »Spätestens übermorgen.«

»Ist dir eigentlich klar, dass die Dienstvorschriften ...«, begann Jens.

»Also jetzt mach hier nicht den Lukas«, stoppte Maike den Redefluss.

»Und überhaupt, den hat es viel schlimmer erwischt, genau wie Martin.« Jens' Stirn kräuselte sich. »Dein Berliner Kollege hat sich ebenfalls auf eigenen Wunsch aus dem Krankenhaus entlassen.«

»Oh, wirklich. Hätte ich ihm gar nicht zugetraut.«

»Maike!«

»Ach komm, du siehst doch, dass es mir gut geht. Ich weiß, ihr beiden macht euch Sorgen, aber dafür gibt es keinen Grund. Zu Hause habe ich Crockett und Tubbs, dazu eine fürsorgliche Freundin, die alkoholische Getränke organisiert.«

»Ich bereue«, sagte Zoe. »Zutiefst.«

»Das wird ein toller Abend. Und falls ich atemlos umkippe, kannst du jederzeit den Krankenwagen rufen.« Zoes Gesicht musste Maike gewarnt haben, denn sie ergänzte: »Zu früh für Witze?«

»Frühestens übermorgen wieder.« Zoe war sichtlich besorgt. »Und nur zur Info, ich übernachte heute hier, um auf dich achtzugeben.«

Ein fragender Blick zu Jens, der den Kopf schüttelte.

»Nee, ich habe noch ein zweites Kind – daheim. Das ist zwar auch dickköpfig und schreit rum, aber wenigstens bekommt man es leichter unter Kontrolle.«

»Warte nur, bis die erste Trotzphase losgeht. Ganz zu schweigen von der Pubertät.« Zoe ließ beide Brauen vielsagend in die Höhe wandern.

»Ich habe gehört, ihr lagert Sarah über Weihnachten bei Maike aus.« Verblüfft starrte Maike ihn an. »Also das ist noch nicht entschieden. Woher weißt du das?«

»Gabi«, erklärte Jens.

»Dieses Dorf ist schlimmer als jedes Kaffeekränzchen. Diese Tratscherei ...«

»Willst du uns noch ein wenig Gesellschaft leisten oder musst du sofort wieder weg?«, fragte Zoe.

»Ich wollte nur mal schauen, wie es unserem Beinahe-Brikett geht.« Er schnupperte. »Da hängt noch was in den Haaren.«

Maike griff hinter sich ins Schlafzimmer, packte das Handtuch und warf es in Richtung Jens, der es lachend auffing.

»Das war dann wohl der Rauswurf.« Er verabschiedete sich und ging zur Tür. »Der Bericht hat natürlich Zeit bis morgen. Acht Uhr reicht völlig.« Und schon war er draußen.

»Meint er das ernst?«, fragte Zoe.

»Wohl kaum. Andererseits könnte ich auch einfach Frau Graefe anrufen, dass sie mit Gabi und Brandt den Bericht tippt. Horst kann dann abzeichnen. Würde keinem Auffallen, hier weiß doch sowieso jeder alles.«

»Und damit ist die Cocktailstunde eingeläutet«, sagte Zoe, die auf keinen Fall zulassen wollte, dass Maikes Stimmung weiter abglitt.

Da die Küche der absolut falsche Ort für jedwede Entspannung war, wechselten sie ins Wohnzimmer auf die Couch.

Der fensterlose Raum ließ zwar auch jeden Charme vermissen, aber wenigstens konnte man sich alles bei dezentem Licht schöndenken. Maike startete eine Playlist auf ihrem Smart Speaker und beide stießen an.

»Mark ist heute also alleiniger Raubtierdompteur?«, fragte Maike nach dem dritten Schluck.

»Klappt aber wirklich gut«, sagte Zoe. »Seit wir den Speicher ausgebaut haben, kann er da wirklich entspannt seine Artikel schreiben. Und Deine Mutter passt in letzter Zeit häufiger mal auf die Minis auf. Selbst unser Pubertier Sarah freut sich, wenn die Oma da ist. Und Mark hat dann ein paar freie Stunden.«

Zoe liebte ihre Familie. Ebenso die Arbeit. Und sie war dankbar dafür, einen Weg gefunden zu haben, beides zu kombinieren. Ohne Mark wäre das nicht möglich gewesen. Sie wusste von befreundeten Familien, in denen gerade diese Aufteilung zwischen Beruf und Privatleben kolossal scheiterte. Teilweise aufgrund eines Rollenbildes, das älter als sie selbst war.

Nicht, dass sie nicht gerne hinterm Herd stand – als Hobby. Außerdem konnte sie auf diese Art dafür sorgen, dass gesundes Essen auf den Tisch kam. Mark würde sie alle eher vergiften. Darüber hinaus war aber der Obduktionssaal ihr zweites Wohnzimmer.

»Trink schneller«, forderte Maike. »Du denkst noch zu viel nach. Deine Lieblingsbeschäftigung. Hatten wir nicht mal über deinen Hang zum Perfektionismus gesprochen?«

»Und über deinen, nie die Klappe zu halten?«

»Touché.«

Sie lachten beide und tranken. Lachten noch mehr und tranken noch mehr.

Dazwischen erzählte Maike immer wieder von den Erlebnissen in der Scheune. »Und dann wirft der sich einfach auf mich. Im Reflex. Als ob ich Hilfe benötigt hätte.«

»Aber das war ja total fett. Ich meine nett.« Zoes Zunge hatte bei dem aktuellen Alkoholpegel eindeutig Schwierigkeiten damit, klare Sätze zu formulieren.

Maike nickte. »Ja, oder? Und sein Arsch in dieser Jeans ist echt ... also der Schnitt ... von der Hose, nicht dem Arsch. Aber echt ...«

»Ich weiß, was du meinst.«

»Hey!« Sie warf ein Kissen nach Zoe. »Du bist mit Mark verheiratet.«

»Da darf ich doch trotzdem noch bewusst meine Umgebung wahrnehmen.«

»Aber nicht den Berliner Arsch.«

»Du meinst den Arsch vom Berliner«, korrigierte Zoe. Wieder lachten beide.

»Aber lass das dein Herzblatt nicht hören.« Zoe ließ Maike einen Augenblick schmoren, bevor sie ergänzte: »Sargfabrik.«

»Hier gibt es gar nicht genug Kissen, die du verdienst hast.« Maike beugte sich vor, zog das bereits geworfene Kissen zu sich und warf erneut. »So.«

Es war einen Meter neben Zoe vorbeigeflogen und im Flur gelandet.

»Wie läuft es generell so auf dem Schießstand? Geht das da auch so weit daneben?«, fragte Zoe unschuldig.

Maike schien die Frage gar nicht gehört zu haben. Ihr Blick ging für ein paar Sekunden an einen weit entfernten Ort.

»Aber doof ist das schon. Das Zeug ist jetzt vernichtet. Alles weg. Und wir sind ja in Deutschland.«

»Was meinst du, Maike?«

»Wir mussten ja nur zu dieser blöden Bude, weil die alten Akten nicht digi... digitali... eingescannt wurden.« Sie stürzte noch einen Schluck hinunter. »Alles weg. Verloren. Für immer.«

»Vielleicht gibt es ja noch einen Schmierzettel«, sagte Zoe. »Frag doch mal in Harrys Fressoase.«

Beide sahen sich drei Sekunden schweigend an und brachen dann in Gelächter aus.

»500 g Hackfleisch«, sagte Maike. Tränen flossen, Zoe hielt sich den Bauch.

»Vielleicht war das ja auch in der Scheune gelagert.«

Crockett und Tubbs saßen neben der Couch, schauten zu ihnen hinauf und entschlossen sich dann doch, das Weite zu suchen. Vermutlich weil Maike normalerweise nicht lachte und sie das seltsam fanden.

Zoe räusperte sich. »Vielleicht gibt es ja Sicherungskopien.« Ein kleiner Lacher entfleuchte ihr. »Ich habe ja auch Faxe bekommen.«

»Das wären in dem Fall aber Bilder. Fo-to-grafien.« Maike musste sich an dem Wort entlang hangeln.

Zoe fiel die Konzentration zunehmend schwer. »Fotobilder«, murmelte sie.

»Was?«

»Da war doch was.«

»Und was?«, fragte Maike.

»Irgendwas. Ich komm nicht drauf.«

Wieder lachten sie und tranken noch einen Schluck von ihrem Gin Tonic. Zoes Gedanken wurden zu einem zähflüssigen Etwas, in dem sich nichts Logisches mehr finden ließ. Irgendwann schlief sie ein und träumte von blauen Bildern, lachenden Spritzen und einem alten Gefängnis.

11. Kapitel

Das Wetter hatte sich eindeutig vorgenommen, ihre Stimmung abzubilden. Die dunklen Wolken ballten sich vor dem Fenster.

Maike kannte das Prozedere: Kopfschmerztablette, viel Wasser und Ascorbinsäure. Zoe hatte in weiser Voraussicht bereits alles auf dem Küchentisch hergerichtet. Obwohl sie weniger vertrug als Maike, steckte sie es eindeutig besser weg.

»Kommst du noch mit rüber?«

»Auf jeden Fall«, sagte Zoe. »Ich will doch wissen, wie die Gabi sich so geschlagen hat. So ganz allein auf der Wache mit all dem Chaos drum herum.«

Sie verließen beide die Wohnung, um einen Abstecher zu Harrys Fressoase zu machen. Bei dem Gedanken wurde Maike zwar wieder übel, aber sie wollte ein Essenspaket für Martin und Lukas schnüren lassen.

Sie überquerten den Marktplatz mit eingezogenem Kopf. Der Himmel verhangen und der typische Nieselregen, den hier im Rheinland jeder kannte und verabscheute. Vor ihnen tauchte die Fressoase auf. Davor saßen wie immer Bruno und Gunnar – die Tachmoiner, wie sie von allen liebevoll genannt wurden.

»Tach«, sagte Gunnar bei ihrem Anblick und wirkte mit Brille und Krawatte selbst bei diesem Wetter und seinen Ende siebzig rüstig-schick.

»Moin«, ergänzte Bruno. Mit Pulli und Jeans war er eher leger-gemütlich.

»Gibt es auch irgendein Wetter, dass euch zurück in die Bude treibt?«, fragte Maike.

»Nicht in den letzten 70 Jahren«, sagte Bruno.

»Die ersten zehn hast du doch gar nicht mitgekriegt«, kam es von Gunnar.

»Das Alter legt Erinnerungen frei, die bis in die Wiege zurückgehen. Ich schwör's.«

»Ah, da kommt unser Kaffee«, sagte Gunnar.

An der Theke der Fressoase sah Maike einen Mann mit zwei Tassen in der Hand, der verdächtig nach Martin aussah. »Ah, Frau Kollegin.« Er hustete.

Prompt stieg der Reiz bei Maike ebenfalls auf. Sie röchelten ein paar Sekunden gemeinsam.

»Ist das jetzt so eine Geheimsprache?«, fragte Bruno.

»Morsehusten.« Gunnar lachte.

Zoe presste die Lippen zu einem Strich zusammen, wollte eindeutig ihr Lachen unterdrücken. Netterweise nahm sie Martin die Tassen ab und reichte sie den Tachmoinern.

Maike verdrehte die Augen, als sie endlich wieder Luft bekam. »Macht euch nur lustig.«

Gunnar wurde ernst. »War ganz schön knapp, was? Dein Kollege hat es uns schon erzählt.«

»Und jetzt sind die Unterlagen und Akten weg, verbrannt?«, fragte Bruno.

»Sind sie«, bestätigte Martin. »Wir haben einige Ansätze, aber die verlaufen alle im Sand.«

»Eine Leiche mit Blausäurevergiftung und Restspuren einer ungewöhnlichen Substanz«, sagte Zoe, wobei sie seltsam nachdenklich wirkte, als versuche sie, sich an etwas zu erinnern.

»Die möglichen Zeugen der Recherche von Albrecht sollte Lukas befragen«, ergänzte Maike. »Wir haben ja die Liste ihrer Namen dank der Hausdurchsuchung in Berlin. Er hat schon angefangen, sie abzutelefonieren. Aber wir konnten bisher einfach nicht herausfinden, was den guten Lothar hierher nach Niederteerbach geführt hat. Da taucht nirgendwo ein Name auf, der passt.«

»Und in den Unterlagen gibt es keine Hinweise, weil alles nach dem Mauerfall entweder nicht gesichert oder absichtlich falsch hinterlegt wurde«, schloss Martin.

Die Tachmoiner pusteten auf ihren Kaffee, blickten sinnierend durch die Hitzeschwaden und überlegten.

»Alter Fall, wenig Daten. Erinnert mich an ’nen Cold Case aus den 1960er-Jahren«, sagte Bruno.

»Wann hast du den bearbeitet?«, wollte Gunnar wissen.

»1990«, erwiderte er. »Da waren Computer noch eine Seltenheit und die alten Akten aus den 60ern …« Er winkte ab. »Da hätte man sich ein Beamtendeutschland gewünscht.«

»Worum ging es denn?«, fragte Zoe.

»Mord an einem Stadtstreicher«, erklärte Bruno. »Hatte vorher ein schönes Leben, war selbstständig und erfolgreich. Dann starb die Tochter bei einem Unfall, Frau hat ihn verlassen. Totalabsturz. Haben ewig alle möglichen Spuren untersucht.«

Mittlerweile herrschte Stille, jeder hing an Brunos Lippen. Maike ertappte sich dabei, wie sie auf ihrer Unterlippe kaute.

»Und?«, fragte Martin, nachdem das Schweigen sich in die Länge zog.

»Es stellte sich heraus, dass wir nur die Unterlagen etwas genauer hätten durchsuchen müssen. Die Frau wollte nämlich wieder heiraten, er willigte aber nicht in die Scheidung ein. Damals war das alles noch deutlich komplizierter. Deshalb hat sie ihn mit den Herzmedikamenten des neuen Freundes vergiftet. Als wir herausfanden, dass sie in kurzer Zeit zwei Rezepte für ihn eingelöst hatte, war der Rest klar.«

»Hm«, sagte Maike.

Ihre Gedanken wandten sich sofort dem aktuellen Fall zu. Gabi hatte die Unterlagen der Hausdurchsuchung aufgearbeitet.

Hoffentlich war sie dabei in jedes Detail vorgedrungen, damit ihnen dieser Fehler nicht unterlief.

Zoe blickte schon wieder so nachdenklich drein.

»Alles klar bei dir?«, fragte Maike, während sie gemeinsam an die Theke der Fressoase traten.

»Gestern ist mir im Halb-Delirium etwas eingefallen«, erwiderte sie. »Es war wichtig, aber ich komme nicht drauf.«

Sie gaben eine kleine Bestellung für Lukas auf, das mit Martin hatte sich ja erledigt. Danach verabschiedeten sie sich von den Tachmoinern und gingen zu dritt wieder zur Wache.

Aus der Gefängniszelle erklang Horsts Stimme. »Kleine Flaschenlampe leucht ... ne. Flaschenlampe blink.«

Gabi wartete bereits und wirkte dezent überarbeitet. »Da seid ihr ja. Ich habe gerade im Krankenhaus angerufen, die wollten mir erst gar nicht sagen, was mit unserem Lukas ist.« Sie seufzte. »Habe mich dann als seine Mutter ausgegeben. Hat funktioniert. Ihm geht es den Umständen entsprechend gut. Leichte Gehirnerschütterung und ebenfalls leichte Rauchvergiftung. In zwei Tagen haben wir ihn wieder.«

»Na, da sind wir ja alle …« Ein Husten unterbrach ihre Ausführungen. »… noch mal davongekommen.«

»Flaschenlampe blitz.«

»Sollte der Horst nicht nüchtern sein?«, fragte Maike.

»Hat die Nacht durchgemacht und kam erst vor zwei Stunden rein«, sagte Gabi. »Ich habe euch beiden schon Tee gemacht.« Sie deutete auf die dampfenden Tassen, die auf Lukas' Tisch standen. »In der Zeitung war ja heute auch ein Artikel.«

Maike entdeckte das Niederteerbacher Tageblatt und zog es an sich, bevor Gabi danach greifen konnte. Auf der Titelseite war ein Bild von Bürgermeisterin Graefe zu sehen, daneben die brennende Scheune.

Der Titel lautete:

Bürgermeisterin weitet Kampf gegen Kriminalität aus. Stadtarchiv wird zum Opfer eines Brandstifters.

»Sie hat die PR echt drauf«, sagte Martin.

»Wenigstens die Scheune ist gut getroffen. In Schwarzweiß kommt diese traurige Ruine noch besser zur Geltung.«

Zoe zuckte zusammen. »Bilder! Jetzt hab ich es. Diese Rückstände an der Wunde ... das Kaliumhexacyanidoferrat(III).«

»Was ist damit?«, fragte Maike.

»Wir haben uns das Gehirn zermartert, warum sie die Blausäure so aufwendig hergestellt hat. In der ehemaligen DDR kam sie ja nicht so leicht an Alltagsdinge heran. Außerdem konnte sie diesem Lothar Albrecht nicht einfach etwas einflößen, das hätte man ja sofort bemerkt. Sie musste also einen Weg finden, das Cyanid herzustellen und unbemerkt zu verabreichen. Der Rückstand an der Wunde gibt uns die Antwort! Kaliumhexacyanidoferrat(III) wurde damals auch in der Analogfotografie genutzt, um Cyanotypien herzustellen. Das stand in einem der Artikel, die ich gelesen habe, aber dann kam der Anruf, dass du im Krankenhaus bist, und alles ging so schnell.«

»Cyano... Ist das auch ein Gift?«, fragte Gabi.

»Nein, das sind Bilder. Wirf mal die Suchmaschine an. Die sind blau, mit weißen Linien. Ist noch heute eine Kunstform. Und die werden in Fotoateliers angefertigt.«

Gabi hielt in der Bewegung inne. »Moment, da war doch was in diesen Unterlagen.« Sie begann damit, hektisch auf der Tastatur zu tippen und zu scrollen. »Hier habe ich was.«

Martin, Maike und Zoe stellten sich hinter ihr auf und blickten auf den Bildschirm. Darauf war die Schwarzweißfotografie der Mitarbeiter von Hoheneck zu sehen.

»Wir haben nämlich die ganze Zeit nur auf die Leute geschaut, die geknipst wurden, aber nicht auf denjenigen, die oder der das Bild gemacht hat«, sagte Gabi.

Maike schlug sich gegen die Stirn. »Du bist ein Genie.«

»Das sagt mein Mann auch immer.«

»Wo er recht hat, hat er recht.« Bevor Maike versprechen konnte, hustete sie. »Wer hat denn das Bild gemacht?«

Gabi markierte in dem Text am unteren Rand einen Namen. »Wilhelm Teltz.«

»Teltz?« Maike runzelte die Stirn. »Der Name sagt mir was.«

»Eine der Schließerinnen hieß so«, erinnerte sich Martin. »Marianne Teltz. War das vielleicht ihr Bruder?«

»Flaschenlampe ...«, krakeelte Horst.

»Herrgott, brenn!«, brüllte Maike.

Gabi zuckte zusammen. »Also das war jetzt ein bisschen blasphemisch. Lassen Sie das die Graefe nicht hören, die geht jeden Sonntag in die Kirche.«

Martin lachte leise.

»Die Taschenlampe soll brennen, zum Donnerwetter!«, rief Maike.

»Oh. Danke!«, kam es von Horst laut aber mit schwerer Zunge aus der Ausnüchterungszelle.

Gabi öffnete die Suchmaschine und gab beide Namen ein. Es stellte sich heraus, dass die Familie ein Fotoatelier besessen hatte. Der Fotograf Wilhelm Teltz war der Vater von Marianne Teltz gewesen.

»Er hat den Auftrag für die Fotografie des Personals – dieses Gruppenbild – vermutlich über seine Tochter bekommen«, murmelte Maike leise.

»Aber er hat dort nicht gearbeitet.«

»Dann wäre Marianne diejenige, die problemlos an Kaliumhexacyanidoferrat(III) und Säuren hätte kommen können«, sagte Zoe. »In einem Fotoatelier, das Cyanotypien herstellt, ist der Weg zur Blausäure auch zu der Zeit leicht gewesen.«

»Mist. Hier steht, dass der Vater damals bereits in den Sechzigern war und 1992 starb«, las Maike laut vor. »Kannst du nochmal die Liste aufmachen, Gabi.«

Als die von Lothar Albrecht geführte Personenliste auftauchte, fluchte Maike lauthals. Marianne Teltz war jene Schließerin, die nach dem Mauerfall an einer Blutvergiftung gestorben war.

»Das ist doch zum verrückt werden«, sagte sie. »Jede Spur verliert sich oder endet in Form einer Leiche.«

»Es würde mich nicht wundern, wenn wir da noch was anderes finden. Marianne Teltz könnte auf der Arbeit eine Freundschaft geschlossen haben. Eine andere Schließerin, die über sie an das

Gift kam und am Ende Zeugen beseitigen wollte«, sagte Zoe. »Wer auch immer hinter alldem steckt, geht absolut rigoros vor. Zuerst muss Albrecht aufgrund seiner Recherche sterben. Dann werden Beweise vernichtet. Und dass es euch dabei auch trifft, wurde mit in Kauf genommen.«

»Dreißig Jahre sicher untergetaucht«, murmelte Martin. »Und dann kommt ein Mann ins Dorf, der doch noch Gerechtigkeit will. Schon allein für Lothar Albrecht müssen wir diese Sache aufklären.«

In diesem Augenblick wirkte er ganz nett, fand Maike. Sie lagen exakt auf der gleichen Wellenlänge, wenn es darum ging, gegen Ungerechtigkeit zu kämpfen.

»Und da ich euch ja helfe, habt ihr gute Chancen«, ergänzte er natürlich prompt. Guter Eindruck, Ade. Einmal Macho, immer Macho. So ein gutes Aussehen verdarb eben den Charakter.

»Du tauchst hier auf und eine Scheune brennt ab. Da würde ich jetzt nicht von erfolgreicher Ermittlungsarbeit sprechen«, sagte Maike. »Aber du hast ja noch ein paar Versuche. Beim nächsten Mal könnte das Rathaus abfackeln.«

Gabi riss entsetzt die Augen auf.

»Sie ist noch traumatisiert«, sagte Zoe. »Nicht ernst nehmen.«

»Bin ich nicht!«

»Sowas von.« Zoe schnappte sich das Fresspaket von Harald. »Ich düse mal los. In zwei Stunden steht die erste Obduktion an, da will ich das vorher noch Lukas vorbeibringen.«

»Das ist aber nett von Ihnen, Zoe.« Gabi wirkte gerührt. »Sagen Sie ihm doch ganz liebe Grüße. Ich schaue heute Abend nach Dienstschluss auch mal vorbei.«

»Und bis dahin habe ich eine Aufgabe für dich, Gabi«, sagte Maike.

»Lukas ist ja leider außer Gefecht. Holst du mir den letzten Interviewpartner von Albrecht ans Telefon? Irgendein Hinweis muss es doch gegeben haben.«

»Alles klar«, versprach Gabi.

»Ich schaue mal, was wir in Berlin über den Tod von Marianne Teltz in der Datenbank haben«, sagte Martin. »Ich fürchte fast, dass es bei einer solchen Todesursache keine Obduktion gab. Aber vielleicht gibt der Bericht des Notarztes noch etwas her. Ich frage mich durch.«

Zoe trat mit dem Fresspaket in den Gang und wandte sich im Gehen Martin zu. »Wenn du da was rausgefunden hast, leite es mir gerne direkt weiter. Meine Handynummer hast du ja.«

»Wird gemacht«, versprach er.

Maike folgte ihr und zog sie zu sich ins Büro. Da Martin an Lukas' Rechner Platz genommen hatte und dessen Telefon benutzte, hatten sie hier ein paar ruhige Minuten.

»Diese Fotografiesache ist doch auch eine interessante Spur«, merkte Maike an. »Welchen Job würdest du machen, wenn du untertauchen müsstest?« Sie startete ihren Rechner.

»Da war ich schneller.« Zoe hielt ihr das Display ihres Smartphones entgegen. »Eure örtliche Fotografin ist zweiundzwanzig.«

»Familienbetrieb?«

»Sie ist hier geboren, genau wie die Eltern, von denen sie das Studio übernommen hat. Weiter kann ich nicht zurückgehen, aber diese Spur führt auf jeden Fall ins Nichts.«

»Verdammt.« Maike rieb sich die müden Augen. Eine brennende Scheune, zu viel Rauch und zu viel Alkohol waren eine miese Kombination. Sie unterdrückte minütlich den Hustenreiz und fühlte sich wie ausgespuckt. Zu allem Überfluss konnte sie nicht mal eine Sonnenbrille tragen, weil es draußen so düster war, dass sie wie ein blindes Huhn durch die Gegend gestolpert wäre.

»Aber vergiss nicht, der Fotograf war vermutlich die Quelle«, sagte Zoe.

»Und meist sitzt der Täter direkt daneben«, entgegnete Maike. »Wenn es eine Freundin von Marianne Teltz war, dann hat sie garantiert mitbekommen, wie man das Zeug herstellt. Vielleicht hat sie die beste Freundin einfach mal gefragt. Aber der müsste doch irgendwann auch aufgefallen sein, was da passiert. «

»Vergessen wir nicht, dass sie als Zeugin auf dem Todesschein aufgeführt ist, zusammen mit diesem Maximilian Vogel.« Zoe setzte sich auf den Besucherstuhl. »Folglich hängt sie da irgendwie mit drin. Ich hätte ja auf den Arzt getippt, diesen Doktor Axel Hoffmann, wenn der eben nicht kurz vorher an die Charité gewechselt hätte und jetzt ebenfalls tot wäre.«

»Außerdem wäre der doch nicht so dämlich gewesen, diese Berichte mit seinem Namen abzuzeichnen. Der hätte die Unterschrift einfach unkenntlich gemacht, damit niemand auf ihn kommt.«

Maike massierte sich die Schläfen. »Wir dürfen auch nicht vergessen, dass Lothar Albrecht auf keine einzige unserer Datenbanken Zugriff hatte. Er hat das alles durch Recherche über die Jahre ausgegraben.«

Zoe nickte langsam. »Immer wieder wollte er die Sache aufrollen, aber niemand hat auf ihn gehört. Trotzdem gab er niemals auf.«

»Und das tun wir ebenfalls nicht«, sagte Maike und meinte damit den Fall, der sie beide schon seit Jahren verfolgte. »Am Ende kommt die Wahrheit ans Licht. Sowohl bei Albrecht als auch bei ... Billie.«

Sie sprachen den Namen nur selten aus, doch in Gedanken war die Freundin stets bei ihnen.

»Ich werde mal losdüsen«, begann Zoe. »Sonst wird das nichts mehr.«

»Ich habe den Frank Müller in der Leitung!«, rief Gabi. »Den letzten Interviewpartner von Albrecht. Er lebt in Wörth, in der Pfalz.«

»Viel Erfolg.« Zoe verließ den Raum.

»Alles klar, durchstellen!«, brüllte Maike.

Sie nahm den Hörer auf. Vielleicht gab es jetzt endlich ein paar Antworten.

12. Kapitel

»Wer is'n do?«

»Guten Tag, Kripo Köln, Außenstelle Niederteerbach, Kriminalhauptkommissarin Maike Pech am Apparat«, meldete sie sich nach der Interpretation des pfälzischen Dialekts.

»Des ging awa schnell mit dem Verbinne.«

»Ja, wir sind von der schnellen Truppe«, sagte Maike. »Ich verstehe sie leider ganz schlecht, die Leitung.«

»Achso!«, brüllte Müller in den Hörer und wechselte automatisch ins Hochdeutsch.

»Jetzt besser? Das Pfälzisch muss nicht sein, habe ich mir angewöhnt. Für den lokalen Flair, als ich hierherkam. Sonst hätten die ständig gefragt, so direkt nach der Wende, woher ich komme und so.«

Dass er jedes Wort überbetonte, war ihr in diesem Augenblick egal.

»Deutlich besser, danke. Es geht um Ihr Gespräch mit Lothar Albrecht.«

»Ja der war nett, der Lothar. Vielleicht ein bisschen viel Berliner Dialekt, aber man konnte ihn verstehen. Gerade so.«

»Jaja, diese unverständlichen Dialekte. Er hat Sie besucht?«

»Kam direkt hierher nach Wörth«, bestätigte Müller. »Ich hab ihm ein Glas Wein eingeschenkt und wir haben auf der Terrasse geplaudert. Wir haben hier guten Wein, ich habe gerade ein Gläschen vor mir. Normalerweise würde ich dabei ja nicht telefonieren, aber der arme Lothar ...«

»Ja, trinken und telefonieren kann gefährlich werden.« Ein Hustenanfall unterbrach das Gespräch.

»Geht es wieder?«, fragte er irgendwann. »Sie wissen schon, dass Rauchen schlecht für die Gesundheit ist.« Er trank schlürfend einen weiteren Schluck Wein.

»In dem Fall Rauch«, krächzte Maike.

»Sag ich doch. Rauchen. Sie hören mich ja wirklich nicht gut.« Er sprach prompt noch lauter.

Sie hob den Telefonhörer auf Armeslänge von sich.

»Worüber hat Lothar Albrecht mit Ihnen gesprochen?«, fragte Maike und schöpfte Atem.

»Ach ja, das war tragisch. Ging um seine Frau. Sie wissen ja bestimmt, dass ich damals auch dort gearbeitet hab. In Hoheneck. Im Gefängnis. Ich war in der Verwaltung.«

Maike hatte auf ihrem Rechner eine Datei geöffnet, um sich Notizen zu machen. Sie klemmte sich den Hörer zwischen Ohr und Schulter.«

»Und Sie konnten ihm helfen?«

»Es ist natürlich lange her!«

Beinahe wäre Maike der Hörer aus der Hand gefallen. Sie hielt ihn wieder auf Armeslänge entfernt. Tippen war auf diese Weise unmöglich, also kramte sie ihren Notizblock aus der Jackentasche, den Stift fand sie auch irgendwie.

»Liegt vermutlich am Wein«, sagte Müller.

»Bitte was?«

»Na, dass ich mich noch so gut an alles erinnere«, kam es unter Schlürfgeräuschen aus dem Hörer. »Das liegt an dem Resveratrol im Wein.«

»Verstehe.« Bedauerlicherweise hatte sie im Halb-Delirium tatsächlich ›Resveratrol‹ notiert. Diese Cocktail-Abende wirkten immer länger nach. Wie würde das erst mit vierzig sein?

»Interessiert Sie das Thema?«

»Also grundsätzlich ist das total interessant«, sie sprach so schnell wie möglich, damit Müller keine Chance hatte, in einer Pause dazwischenzugehen.

»Aber es wäre wirklich wichtig, dass ich mehr über Ihr Gespräch mit Lothar Albrecht erfahre. Sie waren damals also in der Verwaltung angestellt?«

»Richtig. Das waren andere Zeiten. Vom Alltag der Insassinnen habe ich natürlich wenig mitbekommen«, sagte er. »Also gar nichts. Von all den schlimmen Sachen. War halt ein Gefängnis.«

»Das war es wohl. Es ging um Irene Albrecht, die dort einsaß?«

»Richtig«, bestätigte er.

»Wie kommt es, dass Sie sich noch an sie erinnern?«

»Niemand, der diese Frau je erlebt hat, würde sie vergessen«, sagte Müller versonnen. »Sie war unbändig und stark. Ich habe einige der Schließerinnen über sie reden hören. Fragen Sie mich nicht, wie, aber sie hat die in Diskussionen über den Staat verwickelt und tatsächlich zum Zweifeln gebracht. Nicht am Gedanken des Sozialismus, aber an der Unterdrückung. Was den nächsten Teil automatisch nach sich zog. Das wurde natürlich nicht öffentlich verkündet, aber hinter vorgehaltener Hand. Jeder wusste, wer der Auslöser war.«

»Und die Reaktion?«, fragte Maike.

»Ich kenne da keine Details, aber die Strafen wurden wohl drakonischer. Da gab es den Wackelkontakt im Licht, wodurch das auch mal in der Nacht anging. Härtere Arbeit, weniger essen.

Irene Albrecht ging es gegen Ende nicht gut. Andererseits hätte sie nur noch ein paar Tage durchhalten müssen.«

»Ist dann aber gestorben.«

»Genau.«

Maike wechselte den Hörer von der rechten in die linke Hand, damit ihre Notizen wenigstens etwas besser lesbar waren. »Sie wurde einfach so in der Zelle gefunden?«

»In dieser Woche sind einige gestorben«, sagte Müller, und sie konnte hören, dass er nachdachte. »Waren wohl die Haftbedingungen. Jeder Körper gibt irgendwann auf.«

»Und der Arzt hat die Frauen nicht untersucht?«, fragte sie weiter.

»Das war alles *sehr* turbulent. Das kann man sich heute gar nicht mehr vorstellen. Die Haftbedingungen waren ja schon immer schlecht gewesen. Und wenn ich mich recht entsinne, ist unser Gefängnisarzt kurz zuvor auch abgehauen. Hatte 'ne neue Stelle angeboten bekommen und zack, ist losgedüst. Das war der Doktor ...«

»Hoffmann«, half Maike aus.

»... genau der. Sie sind ja doch gut informiert«, sagte er verblüfft.

»Und das ist für eine Kriminalhauptkommissarin natürlich total ungewöhnlich«, sagte Maike trocken.

Müller überhörte den ironischen Unterton. »Sag ich doch.« Er wurde noch lauter. »Sie müssen ja im letzten Kaff sitzen, wenn die Leitung so schlecht funktioniert.«

»Wie recht Sie haben. Aber zurück zum Todesfall Irene Albrecht. Der Arzt war weg, wer war denn dann zuständig für das weitere Prozedere?«

»Das kann ich Ihnen jetzt so nicht sagen«, erklärte er. »Meist waren da diese zwei Frauen. Stolperten ständig über die Toten, das war schon Pech.«

»Absolut. Und wer waren diese beiden?«

»Die Marianne Teltz und ihr Schützling«, erklärte er.

»Welcher Schützling?«, fragte Maike.

»Diese andere Schließerin. Sehr jung.« Maike öffnete auf ihrem Computer den Ordner mit dem Gruppenbild aller Personen. »Können Sie mir sagen, wie sie hieß?«

»Das war die Claudia Sauer.«

Erst jetzt bemerkte Maike, dass bei den aufgeführten Namen dieser nicht darunter war. Das Bild war 1989 im Frühjahr aufgenommen worden. Sie sprach Müller darauf an.

Für einen Augenblick herrschte Stille.

»Ja?«, fragte sie nach einer Weile.

»Oh, ich habe genickt, aber das können Sie ja nicht sehen.« Er lachte und trank. »Also die Claudia war noch ganz jung. Die kam erst spät dazu, kurz vor dem Fall. Also der Mauer. Dem Mauerfall.«

»Schon klar.«

»Ich meine ja nur. Sie kam also erst kurz davor und deshalb ist sie auch gar nicht auf dem Gruppenbild, das Sie da vor sich haben. Oder in den Unterlagen. Ist quasi durchgerutscht, weil ihre Ausbildung erst begann. Aber die beiden waren schnell ziemlich dicke. Kannten sich, glaube ich, schon vorher. Das habe ich dem Lothar auch gesagt.«

Maike starrte auf den Monitor des Computers und konnte nicht fassen, dass sie diesen Anfängerfehler begangen hatten. Die Liste von Lothar Albrecht, die abgehakten Namen, waren nicht vollständig gewesen. Das konnten sie gar nicht, denn er hatte auf Basis des Bildes und der Unterlagen alle Personen von damals gesucht und interviewt. Claudia Sauer tauchte aber nirgendwo auf. Die Freundin der gestorbenen Marianne Teltz war quasi ein Geist.

Mit einem Klick schloss sich die Kausalkette.

»Können Sie mir zu dieser Claudia irgendetwas sagen?«, fragte Maike.

»Das ist jetzt interessant. Der Lothar war da auch ganz aus dem Häuschen, als ich damit angefangen habe.«

»Ja, warum nur?«, fragte Maike.

»Das weiß ich ja nicht.«

»Aber haben Sie ihm dann schlussendlich noch etwas sagen können? Ein Hinweis auf diese Claudia? Weitere Details?«

»Nicht so richtig. Sie war irgendwie dünn. Aber kräftig. Dunkles Haar, ging aber ins Helle. Und schlau war sie, meistens.«

»Sie war also dick und dünn, hatte dunkles und helles Haar und war schlau aber manchmal auch nicht?«

»Richtig.«

Maike stöhnte auf und unterdrückte den Drang, ihren Kopf gegen die Tischkante zu schlagen.

»Aber auf dem Todesschein ist als Anwesender neben der verstorbenen Marianne Teltz nur ein Maximilian Vogel aufgeführt. Wieso ist der Name dieser Claudia dann nirgends zu finden?«

»Der Vogel war ein ganz netter Kollege«, sagte Müller. »Der hat auch mal die Jüngeren in Schutz genommen. Wissen Sie, wenn da so eine gestorben ist, dann kam das ja ab und an auch mal zu einer Untersuchung.«

»Ach, wirklich?«

»Ja, ja, das musste halt sein. Kann man nicht immer was gegen tun.«

»Wie schrecklich.«

»Und weil so ein junges Ding da sicher nicht ganz so robust mit umgehen kann und ihre ganzen Unterlagen ja gar nicht ausgefertigt waren, hat dann der Maximilian schon mal seinen Namen hergegeben.«

»Einfach so?«

»Ich sag ja, das war ein netter, der Maximilian.«

Maike wären auf Anhieb ein Dutzend anderer Bezeichnungen für ihn eingefallen. Vogel war also gar kein realer Zeuge gewesen, hatte aber mitbekommen, dass Claudia und Marianne ständig irgendwelche Toten gefunden hatten. Da wurde doch jeder aufmerksam, vor allem nach dem Mauerfall.

Es war ihr von Anfang an seltsam vorgekommen, dass die beiden Zeugen Maximilian Vogel und Marianne Teltz gestorben waren, doch jetzt ergab das Sinn. Die unbekannte Frau namens Claudia verwischte ihre Spuren. Und die Blausäure hatte sie vermutlich mit der Hilfe ihrer Freundin Marianne über das Fotolabor des Vaters erhalten.

Damit blieb allerdings die Frage offen, wer diese verdammte Claudia überhaupt war. Sie musste hier in Niederteerbach oder der Umgebung wohnen.

»Ich habe hier ein Fax!«, rief Gabi.

Der dünnen Zwischenwand sei Dank, konnte Maike jedes Wort hören. Wenigstens hatte Horst aufgehört, zu singen. Mit etwas Glück schlummerte er selig. Natürlich war er total aus seinem Alkohol- Rhythmus.

»Das ist für mich!«, erwiderte Martin. »Das sind die Unterlagen der Sanitäter, die Marianne Teltz damals gefunden haben.«

Stille setzte ein.

»Sind Sie noch da?«, fragte Müller mit zunehmend schwerer Zunge.

»Voll und ganz«, bestätigte Maike. »Hier ist nur gerade viel los.«

»Jaja, das sind die übrig gebliebenen Betrunkenen vom Karneval, was? Die wissen nicht, wann es gut ist«, sagte Müller und Schlürfte einen besonders großen Schluck Wein. »Wobei ich den ja eigentlich mag. Kölle Alaaf, Helau und so.«

»Fast.«

»Wie bitte?«

»Kommen wir doch wieder zurück zum Thema. Sie haben sich mit Lothar Albrecht ebenfalls über diese Claudia unterhalten, und er wollte mehr erfahren.«

»Richtig«, bestätigte er. »Aber da konnte ich ihm halt nichts sagen. Hat mir schon auch leidgetan. Er ist ja überall umhergereist. Wollte dann nach dem Besuch bei mir zurück nach Berlin. Waren Sie schon mal dort?«

»War ich. Aber weshalb ...«

»Dreckig ist es dort. Ist Ihnen das auch aufgefallen?«, fragte Müller.

»Also nicht so pauschal jetzt, nein. Aber sagen Sie, weshalb ...«

»Also ich war letztes Jahr mal wieder dort. Alte Heimat und so. Bin einmal mit der Ringbahn drum herum und dann durch den alten Kiez. Hat sich alles verändert. Ja, ja, so ist das. Und überall diese Roller. Zweimal wäre ich beinahe als Kühlerfigur geendet.«

»Elektroroller?«

»Genau.«

»Die haben keine Kühlerfigur«, sagte Maike. »Aber wegen des Herrn Albrecht. Warum ...«

»Das war jetzt auch nur metaphorisch zu verstehen«, unterbrach Müller.

»Als Fußgänger hat man da ja keine Chance mehr. Überall sausen sie herum, diese Hippen.«

»Hipster«, korrigierte Maike. »Und das ist doch was Schönes, diese Vielfalt. Aber weshalb ist der Herr Albrecht denn dann *nicht* nach Berlin?«

»Ist er nicht?«, fragte Müller.

»Nein, er kam nach Niederteerbach.«

»Ach so, ja. Das war wegen dieser letzten Sache. Da ist er ganz hibbelig geworden. Erst hat er gegoogelt, ganz aufgeregt. Hat dann hier, direkt neben mir das E-Book von diesem Stadtführer gekauft und es nachgeschlagen.«

Maike war mittlerweile dazu übergegangen, mit dem Kugelschreiber Löcher in das Papier zu stoßen, um ihren Frust abzubauen. »Und was hat er nachgeschlagen?«

»Na die Sache mit diesen blauen Bildern.«

Sie setzte sich kerzengerade auf. »Cyanotypien?«

»Ah, richtig. So hießen die. Schön anzusehen. Die hat auch der Vater von der Marianne damals angefertigt. Daran kann ich mich gut erinnern.«

»Und wieso kam Lothar Albrecht dann hierher? Was hat das mit diesen Cyanotypien und dem Stadtführer zu tun?«

Frank Müller nahm einen letzten großen Schluck Wein. Dann antwortete er Maike.

13. Kapitel

Zoe lenkte den SUV in Richtung Ortsausfahrt. Im Radio lief EinsLive, ein Hit aus den aktuellen Charts. In Gedanken ging sie bereits durch, welchen Podcast von ihrer Liste sie als nächstes hören wollte. Sie würde sowieso gleich wieder im Stau stehen.

Der Regen prasselte gegen die Windschutzscheibe. Dieser gesamte Tag bestand abwechselnd aus Nieselregen und Wolkenbruch.

Ein Klingeln ertönte, und auf dem Display der Armatur vor ihr erschien der Name: Martin Seidel. Mit einer Bewegung des rechten Zeigefingers betätigte sie den Knopf am Lenkrad, um den Anruf anzunehmen. Die Freisprechanlage knackte.

»Ja?«, fragte sie.

»Ich höre schon, du stehst unter Trommelfeuer«, begrüßte Martin sie gut gelaunt.

»So viel zur Geräuschunterdrückung. Die funktioniert auch immer nur dann, wenn sie nicht soll.«

»Ich habe hier gerade ein Fax erhalten.« Er hielt es in die Höhe.

»Ein Cent für jedes Fax und wir wären steinreich. Wann kommen die endlich alle im E-Mail-Zeitalter an?«

»Sobald der Rest der Welt die nächste Stufe erreicht hat«, sagte Martin trocken. »Es ist mir gelungen, mich telefonisch durchzufragen. Es ist echt unglaublich, wie schwer es ist, Daten aus den 1990ern zu bekommen. Die gibt es zwar, aber meistens lagern sie in irgendeiner Kiste.«

»Wie hast du es geschafft?« Zoe preschte durch eine Pfütze und sah sich sofort schuldbewusst um. Glücklicherweise hatte kein Niederteerbacher auf dem schmalen Bürgersteig gestanden.

Das Ortsschild blieb hinter ihr zurück.

»Ich hatte Hilfe von Maikes Chef.«

»Jens? Der ist ziemlich gut vernetzt, was?«

»Gibt es jemanden, den er nicht kennt?«, fragte Martin. »Auf jeden Fall konnte er mir einen Kontakt zum damaligen Sanitäter liefern. Und dessen Sohn arbeitet dort, wo er selbst angestellt war. Ist jetzt ebenfalls Sani.«

»Wir können ja auch endlich mal Glück haben«, sagte Zoe. »Und der hat tatsächlich die Unterlagen ausgebuddelt?«

Martin lachte leise. »Fast wortwörtlich. Der ist in den Aktenraum gestiegen – es war keine Scheune – und hat die Akte hervorgeholt. Man hat damals wohl versucht, Angehörige von Marianne Teltz ausfindig zu machen, aber weil das nicht gelungen ist, wurde die Akte archiviert und vergessen. Die hat er mir dann geschickt.«

»Und?«

»Soweit ich das sehe, steht darin nichts Interessantes. Marianne hatte eine Schnittwunde an der Hand, die sich infiziert hatte. Es folgte eine Blutvergiftung.«

Zoe schüttelte ungläubig den Kopf. »Ich verstehe das nicht. Eine Blutvergiftung ist sichtbar und obendrein gibt das ziemlich heftige Symptome. Wieso ist sie nicht zu einem Arzt gegangen? Jeder würde damit zum Arzt gehen.«

»Kann ich dir nicht sagen. Aber als sie gefunden wurde, lag sie wohl schon zwei oder drei Tage in ihrer Wohnung«, erklärte Martin. »Der damalige Staatsanwalt hat keine Untersuchung veranlasst.«

Was Grasso in einem solchen Fall wohl auch nicht getan hätte. »Das verliert sich also?«

»Natürlich wurde die Wohnung untersucht, der Ausweis und alle Unterlagen eingepackt. Dann begann die Suche nach den Angehörigen. Ohne Ergebnis.«

Zoe schürzte die Lippen. »Eine Blausäurevergiftung hätten die Kollegen trotzdem aller Wahrscheinlichkeit nach erkannt.«

»Du glaubst, die Blutvergiftung war ebenfalls der Versuch, die wahre Todesursache zu kaschieren, wie bei Albrecht?«, fragte Martin. »Da ... Was?!« Die letzte Frage war nicht an Zoe gerichtet, Martin rief etwas in Richtung seiner Kollegen. »Wieso Reiseführer?«

Maike sprach im Hintergrund.

»Sorry, ich bin wieder da. Gabi schießt gerade vorwurfsvolle Blicke zu deiner besten Freundin. Irgendwas wegen dieser Cyanotypien. Gibt wohl eine Spur.«

Zoe verlangsamte die Fahrt und fuhr seitlich auf einen Grünstreifen. In wenigen Minuten ging es via Bundesstraße auf die Autobahn, doch etwas ließ sie zögern.

»Also ich glaube kaum, dass man eine Blutvergiftung nutzen könnte, um die Sache mit der Blausäure zu maskieren«, sagte Zoe. »Eine Blutvergiftung dauert doch eine ganze Weile. Da würde das mögliche Opfer vielleicht einfach abhauen. Gibt es sonst Auffälligkeiten in den Notizen?«

»Es gab ein paar Schürfwunden«, erklärte Martin. »Aber das war auch nichts Ungewöhnliches. Marianne trug nämlich Lederarmbänder, diese breiten Dinger.«

Verwirrt runzelte Zoe die Stirn. »Das ist ja seltsam.« Ihre Gedanken glitten wie magnetisch zu den Schrammen an den Handgelenken, die Blutvergiftung ...

»Wieso? Sie war ja noch sehr jung, da trägt man doch so ein Zeug. Nasenring, Piercing, Ledermanschette.«

»Ich meinte nicht die Manschetten, ich meinte die Schrammen. Moment, was hast du gerade gesagt? Sie war jung?«

Martin schien ebenfalls gerade aufgefallen zu sein, dass etwas nicht stimmte. »Hier steht, dass es sich bei der Toten um eine junge Frau handelt. Wie alt war Marianne Teltz?«

Zoe wendete den SUV und trat das Gaspedal durch. »Ich komme zurück. Das ist es. Das ist die Lösung!«

Im gleichen Augenblick vernahm sie die Stimme von Maike im Hintergrund. »...das ist die Lösung.«

Unweigerlich musste Zoe grinsen. Ihre Gedanken klebten einfach ständig aneinander, sie liefen synchron. Nicht umsonst hatten die anderen in der Schule sie immer als Pech und Schwefel bezeichnet, was natürlich auch eine Anspielung auf ihre Namen gewesen war.

»Es ist ja toll, dass eure Neuronen im Dauerfeuer zünden«, sagte Martin. »Aber wollt ihr uns nicht einweihen.«

Zoes Gedanken rasten tatsächlich. Sie war noch dabei, die gesamte Kette durchzugehen, deshalb antwortete sie Martin nicht gleich.

»Wie lange brauchst du, bis du hier bist?«, fragte er.

»Bei dem Tempo noch zehn Minuten«, erklärte sie. »Falls ich nicht verhaftet werde, obwohl ... dann komme ich auch, aber es dauert etwas länger.«

»Gut, Maike will es nämlich wissen und mit ihrer großen Enthüllung auf dich warten.« Damit legte er auf.

Glücklicherweise war Sabine Graefe noch nicht darauf gekommen, die Kasse der Stadt durch das Aufstellen von Blitzern aufzubessern. Andernfalls wäre ein Blitzlichtgewitter auf Zoe herabgeregnet.

Sie erreichte die Wache in Rekordzeit, parkte und stürmte die Treppen im Rathaus hinauf. Im Büro erwarteten sie Gabi, Martin und eine triumphierend grinsende Maike, die einen Stadtführer in der Hand hielt.

»Na, hast du ein Glück, dass der Lukas nicht hier ist«, wurde sie von ihrer Freundin begrüßt. »Der hätte von der Fahrzeit die Geschwindigkeit berechnet und direkt hier deinen Führerschein einkassiert.«

»Ich hab's«, japste sie.

»Ich auch, Watson.«

Sie grinsten einander an.

»Du zuerst«, sagte Zoe, »Ich versuche noch, genug Sauerstoff in meine Lungen zu ziehen.«

Bei dieser Erwähnung hustete Maike direkt drauf los, was wohl eine Kettenreaktion auslöste, denn Martin stieg mit ein. In den nächsten Sekunden ertönte ein Japs-Hust-Röchel-Konzert. Gabi wirkte fasziniert.

»Also«, sagte Maike schließlich. »Lothar Albrecht war mit seiner Recherche am Ende angelangt. Er sprach mit Thomas Müller. Und dieser erzählte durch Zufall auch von den Cyanotypien und der Ausstellung. Die Bilder hat der Vater von Marianne Teltz damals hergestellt und lieferte damit direkt die Blausäure – vermutlich unwissentlich. Unsere Mörderin kam hierher nach Niederteerbach, wo sie nach der Wende neu anfing. Aber irgendwie muss diese Frau ja ihren Lebensunterhalt verdienen.« Sie schwenkte den Reiseführer. »Spannende Lektüre.«

»Deshalb hab ich Ihnen den ja auch geschenkt«, sagte Gabi. »Das ist aber mein Exemplar.«

»Nur geliehen, versprochen. Meins liegt daheim. Ich war noch nicht bis zu der Stelle vorgedrungen.«

Von wegen! Zoe wusste genau, dass Maike keinen einzigen Blick in dieses Büchlein geworfen hatte.

»Im Gespräch kommen Albrecht und Müller auch auf die damals Beteiligten zu sprechen, darunter das Fotoatelier und der Vater von Marianne Teltz. Lothar Albrecht wusste, dass dieser Cyanotypien angefertigt hatte, und Müller erzählte von der unbekannten Frau Namens Claudia Sauer. Die war auf keinem Bild zu sehen.« Maike schlug den Reiseführer von Niederteerbach auf und hielt ihn in den Raum.

Zoe beugte sich über die aufgeschlagene Seite. Gabi und Martin hechteten hinter den Schreibtischen hervor und starrten ebenfalls auf die Seite.

»Ah, richtig, daran kann ich mich dunkel erinnern, ist ewig her«, sagte Gabi. »Also, das sind diese Cyanotypien. Das hätte ich Ihnen auch gleich sagen können, dass es hier mal eine Ausstellung gab.«

»Hast du aber nicht. Macht aber auch nichts, weil wir es dank des Reiseführers jetzt wissen. Eine Ausstellung zu diesem Thema ist nicht gängig, schon gar nicht«, sie blickte noch einmal in den Reiseführer.

»›Cyanotypien von der Entstehung bis heute im Wandel der Zeit mit einer DDR-Retrospektive‹. Und Albrecht erging es ebenso. Die Mörderin musste ja irgendwie zu Geld kommen, also nutzte sie ihr Wissen und fertigte Bilder an. Vermutlich für verschiedene Abnehmer. Die kamen gut an und landeten in der Ausstellung. Ich gehe davon aus, dass Albrecht nicht daran gedacht hat, dass Claudia Sauer die Mörderin sein könnte. Sie war jung und erst kurz zuvor nach Hoheneck gekommen. Er sah in ihr bloß eine weitere Zeugin.«

Zoe nickte eifrig und deutete auf die Frau mit den graumelierten Haaren auf dem Bild im Reiseführer. »Da steht der Name ›Claudia Sauer‹, aber das ist nicht sie.«

Sofort richtete sich die gesamte Aufmerksamkeit auf Zoe.

»Die Tote, die damals gefunden wurde, war *nicht* Marianne Teltz. Es war die jüngere Schließerin. Unter ihren Ledermanschetten waren Kratzspuren und sie starb an einer Blutvergiftung.« Zoe blickte erwartungsvoll in die Runde.

Auf Maikes Gesicht sah sie Begreifen.

Doch Martin war schneller. »Verdammt! Sie wurde gefesselt. Mit Handschellen.«

»Wenn ich raten müsste – bisher ist das natürlich nur eine Theorie –, dann hat Marianne sie gefangen gehalten, um alle Informationen über ihr Leben zu bekommen und den Identitätswechsel vorzubereiten. Mit Handschellen.

Sie hat die Wunde verursacht und eine Entzündung ausgelöst. Wenn sie genug über Blausäure weiß, bekommt sie so etwas ebenfalls hin, das unterstelle ich ihr jetzt einfach mal. Und während ihre ›Freundin‹ langsam gestorben ist, hat sie kurzerhand alles notwendige erfahren, und ihr Leben inklusive Namen übernommen.«

»Aber ... die ganzen Dokumente ...«, merkte Gabi an.

»Damals war das alles simples Papier und leicht zu fälschen. Die Führerscheine waren quasi Lappen. Diese Frau hat Todesscheine mit der Unterschrift von Doktor Axel Hoffmann gefälscht, die hat so etwas garantiert hinbekommen.«

»Die Menschen vergessen oft, was damals passiert ist«, sagte Martin.

»Ich meine *wirklich*. Ein Staat ist zusammengebrochen. Unterlagen wurden *absichtlich* vernichtet oder gefälscht. Menschen *wollten* untertauchen. Und Marianne Teltz war scheinbar schon länger in Hoheneck und das nicht umsonst. Stramme Sozialistin.«

»In dem Fall eher Mehrfachmörderin«, warf Gabi ein und schüttelte den Kopf. »Und dann kam sie hierher nach Niederteerbach als unbescholtene Claudia Sauer. Für den Fall, dass jemand von damals etwas aufgefallen war, würde der doch nicht die schüchterne Claudia verdächtigen. Schließlich war sie nur wenige Tage in Hoheneck.«

Maike schüttelte voller Abscheu den Kopf. »Gabi, wir brauchen die Adresse von der angeblichen Sauer. Und das so schnell wie möglich.«

»Dieses Mal bin ich definitiv dabei«, stellte Zoe klar.

»Warst du noch nicht bei einer Verhaftung dabei?«, fragte Martin.

»Im Obduktionssaal sind die Patienten meist ruhig und hauen nicht ab«, sagte Zoe. »Und zur Verhaftung wird man in der Regel ja nicht gerufen. Obwohl die beste Freundin das durchaus mal tun könnte.«

»Mörder halten sich nicht an Familienzeiten«, sagte Maike und warf einen Blick auf die Uhr. »Solltest du jetzt nicht im Obduktionssaal stehen?«

»Ich habe Thomas eine Nachricht geschickt, der übernimmt das.« Zoe winkte ab. »Und ich würde durchaus auch mal einen Abend außer Haus verbringen, wie ich es gestern ja ebenfalls getan habe.«

»Ja genau.« Maike lachte auf. »Und ich darf mir dann das Gemotze von meinem Bruder anhören. Du verbringst sowieso schon so wenig Zeit daheim, er muss immer auf die Kinder aufpassen, dein Beruf geht dir über alles.«

»Ach, hat er das gesagt?«, fragte Zoe.

»Ich gehe mal rüber und telefoniere mit Staatsanwalt Grasso.«

»Elegant aus der Affäre gezogen«, rief Zoe ihrer besten Freundin hinterher.

Sie spürte einen leichten Stich.

Es geschah nicht oft, dass sie sich mit Mark stritt. Sie harmonierten, jonglierten Berufs- und Privatleben recht solide. Die Gefahrenzone bestand bei Deadlines. Wenn die näher rückten, wurde er durchaus mal patzig. Da musste Oma Jutta aushelfen oder Zoe einen freien Tag einschieben. Grundsätzlich war sie dazu natürlich auch bereit. Aber Streitereien lagen in der Zeit ständig in Reichweite. Wenn dann Sarah noch aufdrehte, kam es schon mal zur Explosion.

Wie ein Geist, der sich in den Raum blinzelte, stand plötzlich Bürgermeisterin Graefe in der Tür. »Was höre ich da, mit dem Haftbefehl?«

Verdutzt erwiderten alle ihren Blick.

»Woher wissen Sie das denn jetzt?«, fragte Gabi. »Die Frau Pech ist doch gerade noch am Telefon und organisiert das Ganze.«

»Ah, ich habe natürlich auch im Gericht einen Informant... ich meine, ein guter Freund hat mich informiert«, erklärte sie. »In der Politik kommt man nicht weit, wenn man nicht gut vernetzt ist.« Neugierig ließ sie ihren Blick wandern. »Wer war es?«

»Der Gärtner«, rutschte es Martin heraus. »Der ist es immer.«

»Haha«, lachte Graefe künstlich. »Dieser Berliner Humor ist goldig. Wann fahren Sie gleich wieder zurück?«

»Sobald die Verhaftung abgeschlossen ist«, erklärte Martin. »Aber dazu brauchen wir den Haftbefehl und die Adresse.«

»Schon erledigt«, sagte Gabi. »Ich habe Frau Pech gerade eine Mail geschickt, damit sie mit dem Richter alles klären kann.«

Die bürokratischen Zahnräder griffen ineinander, vermutlich wusste in diesem Augenblick auch schon Grasso Bescheid. Zoe konnte nur hoffen, dass alles schnell geschah. Sie hatte keinerlei Interesse an einem längeren Gespräch mit dieser Frau.

»Frau Schwäfel.« Das Lächeln der Bürgermeisterin war so künstlich, dass Zoe unweigerlich einen Schritt zurück machte. »Was halten Sie denn von einem Interview?«

»Mit mir?«

»Wir haben hier in Niederteerbach einen tollen Journalisten, der Sie in ihrer Praxis besuchen könnte.«

»In der Rechtsmedizin?«, hakte Zoe nach.

»Ja genau, die«, bestätigte Graefe und bewies, dass sie nichts, aber auch gar nichts über die Rechtsmedizin wusste. »Ich denke ja in alle Richtungen, wenn es darum geht, diesen Ort zu wahrer Größe aufzubauen. Wie wir sehen, ist das Projekt ›Kriminalhauptkommissarin‹ geglückt. Jetzt müssen wir das noch weiter ausbauen. Ich sehe Niederteerbach als etwas ganz Besonderes, in einem Meer aus Gewöhnlichem.«

Ein wenig gruselte sich Zoe. Diese Frau schien tatsächlich eine Vision zu haben. Eine, die ein Psychiater behandeln sollte. Wo blieb nur Maike?

In Zoes Tasche vibrierte das Smartphone. Sie zog es hervor. Mark versuchte, sie zu erreichen. Laut ihrem geteilten Terminkalender befand sie sich aktuell in einer Obduktion, war etwas passiert? Sie wollte gerade rangehen, als Maike zurückkehrte.

»Wir sind so weit.« Sie klatschte in die Hände. »Oh, Frau Graefe. Das ist ja nett. Wir haben leider keine Zeit.«

Sie ignorierte konsequent das Oberhaupt des Dorfes, wandte sich ab und strebte dem Ausgang zu. Zoe kopierte die Taktik, Martin ebenso. Zurück blieben die arme Gabi und die Bürgermeisterin.

Der Anruf von Mark war mittlerweile auf der Mailbox gelandet. Auf dem Weg nach unten rief Zoe ihn an.

14. Kapitel

»Gab es Probleme?«, fragte Martin.

Maike ließ den Motor ihres Nissan Cube an. »Im Gegenteil. Grasso hat sofort alles in die Wege geleitet und den Richter kontaktiert. Der weiß, dass ich einen Haftbefehl nicht mal eben so anfordere. Aber wer kann schon sagen, wen diese Irre als Nächstes ins Visier nimmt.«

Zoe saß auf der Rückbank und tippte eifrig auf ihrem Smartphone herum.

»Wenn sie Politiker anvisiert, dürfte das wohl die Graefe sein«, schloss Martin.

Maike lächelte schmallippig. »Vielleicht sollten wir Claudia Sauer aka Marianne Teltz die Möglichkeit geben, eine finale Tat durchzuführen.« Martin lachte herzlich. Maike fiel auf, dass sie sein Lachen mochte.

»Nachdem ich sie jetzt zweimal kennenlernen durfte, frage ich mich, wie ihr die Wiederwahl gelingt.«

»Gute Presse«, rief Zoe von der Rückbank. »Die hält sich ihren Ingo Brandt warm und stellt sich als Superwoman persönlich dar. Fehlt nur noch das Cape.«

»Was tippst du denn so intensiv auf deinem Smartphone herum?«, fragte Maike und bog hinter dem Friedhof rechts ab.

»Mark hat versucht, mich zu erreichen. Eben wollte ich zurückrufen, aber er ist nicht rangegangen.«

»Wird schon nichts passiert sein«, sagte Maike.

»Da bin ich nicht so sicher. Er hat gerade eine Textnachricht geschickt, dass er mich dringend sprechen muss. Sobald die Zwillinge den nächsten Wutanfall überstanden haben.«

»Ach ja, das Familienleben«, sagte Martin so neutral, dass seine Meinung dazu nicht wirklich interpretierbar war. »Wie steht es bei dir?« Er warf Maike einen fragenden Blick zu: »Kein Nachwuchs in Sicht?« Er taxierte ihren Bauch.

»Sieht es denn so aus?«, fragte sie so unschuldig wie möglich.

»Gertenschlank, Gazelle«, erwiderte Martin.

»Guter Mann, du erkennst eine Fangfrage, wenn du sie siehst«, sagte Zoe vom Rücksitz und grinste breit.

»Aber nein, Nachwuchs steht nicht an«, ergänzte Maike. »Ich sehe ja bei meinem Bruder und meiner Schwägerin, also besten Freundin, was dann passiert.«

»Und was soll das jetzt heißen?«, hakte Zoe nach und ließ ihr Smartphone sinken.

»Dass ihr das Ganze perfekt managt. In meinem Fall wäre es absolutes Chaos. Ich würde dem Glück meiner Lenden vermutlich versehentlich Kaffee einflößen. Außerdem ist da die Sache mit dem Ausschlafen.« Maike stoppte den Wagen.

»Wieso hältst du an?«, fragte Martin.

»Wir sind da.«

»Das waren gerade mal fünfhundert Meter und das nur, weil eine Einbahnstraße dazwischen lag«, sagte er.

»Es ist eben ein Dorf«, erklärte Maike. »Hier kannst du alles zu Fuß erreichen. Aber da wir hoffentlich eine gewisse wahnsinnige Blausäuremörderin abtransportieren müssen, ist so ein Wagen ganz praktisch.«

»Du sagst Wagen, ich sage Verbrechen an der Menschheit.« Martin zwinkerte ihr zu, öffnete die Tür und stieg aus.

»Ist ja auch von der Graefe«, murmelte Maike und schmiss die Autotür hinter sich zu.

Sie standen vor einem alten Mehrfamilienhaus, das ein gutes Jahrhundert auf dem Buckel haben musste. Zwischen dem Gestein sah sie verbaute

Holzstreben. Das einzig Moderne waren die Fenster, die doppelt verglast waren.

»Claudia Sauer aka Marianne Teltz wohnt netterweise im Erdgeschoss«, sagte Maike.

In diesem Augenblick klingelte Zoes Smartphone.

»Ich gehe kurz ran und komme nach«, erklärte sie.

Maike verzichtete auf die Bemerkung, welche Nachteile so ein Familienleben noch mit sich bringen konnte. Es ging um die Verhaftung einer Giftmörderin, und sie ließ sich das entgehen.

»Wollen wir?«, fragte Martin. »Nicht, dass sie uns kommen sieht und durch das Fenster sprintet.«

»Sprinten ist bei der nicht mehr«, sagte Maike. »Die Frau ist heute Mitte siebzig.«

»Vielleicht sind es ja rüstige Mitte siebzig.«

Maike betätigte den Klingelknopf. Es knackte kurz in der Sprechanlage, dann war nur ein Rauschen zu hören.

»Das ist auch so ein Niederteerbach-Ding«, sagte sie. »Die Sprechanlage spinnt bei mir auch gerade.«

Sie klingelte erneut. Der Summer erklang. Martin voraus betraten sie den Hausflur. Damit Zoe später nachkommen konnte, hakte Maike die Tür mit einem kleinen Eisenhaken in den Ring ein, der in der Wand befestigt war. Der Flur mündete rechts in eine Treppe, während die Eingangstür von Marianne Teltz links um die Ecke lag. Tatsächlich wirkte die Frau rüstig in ihrem gestärkten grauen Rock, der bis zu den Knöcheln ging, und der weißen Bluse. Das Haar besaß eine ähnliche Farbe, wie der Rock, ging allerdings mehr ins Helle und war zu einem Kampfzopf gebunden.

»Frau Claudia Sauer?«, fragte Maike und beschloss instinktiv, den Haftbefehl erst einmal nicht zu erwähnen.

Ein Blick aus stahlblauen Augen taxierte sie. »Frau Kriminalhauptkommissarin Pech.«

»Mein Ruf eilt mir also voraus.«

»Eher die Titelzeile dieses Schmierblatts«, sagte sie. »Und Sie sind dann der Berliner?«

»Mein offizieller Titel«, bestätigte Martin.

Ob es auffiel, wenn sie ihm hier einen Schlag auf den Hinterkopf verpasste? Marianne Teltz sah nicht so aus, als käme man bei ihr mit Humor oder frechen Sprüchen weit.

»Kommen Sie rein«, sagte die Frau überraschend und wandte sich ab. Maike wechselte einen kurzen Blick mit Martin, dann folgten sie ihr in die Wohnung. Auch hier sorgte Maike dafür, dass die Eingangstür offenblieb, indem sie einen der Schuhe, die seitlich an der Wand standen, in den Spalt schob.

Durch einen Flur ging es direkt in die Küche. Auf dem Weg zweigten weitere Räume ab, eine der Türen war geöffnet. Dahinter lag ein Fotolabor. Ein

Bottich mit einer Flüssigkeit – wahrscheinlich Fixierflüssigkeit – stand auf dem Tisch, an der Wand hingen Cyanotypien. Der Boden des Ganges war mit einem grauen Teppich ausgelegt.

Die Küche sah aus wie Maike erwartet hatte. Es war geradezu klinisch sauber, die Handtücher hingen gefaltet neben der Spüle und wiesen keine Flecken auf. Arbeitsfläche und Tisch rochen frisch gewischt, in der Luft lag ein beständiger Zitrusgeruch, der alles andere überdeckte.

Die Frau war akkurat bis hin zum zwanghaften Perfektionismus. Sogar die Blumen auf dem Fensterbrett waren nach Größe aufgereiht. Die Dosen mit den Kräutern auf dem Regalbrett über der Spüle alphabetisch sortiert. Auf dem Gasherd stand ein Teekessel.

»Gerade wollte ich mir einen Tee machen«, sagte sie. »Wollen Sie eine Tasse?«

Verblüfft über die freundliche Geste, die so gar nicht zu dem kalten Äußeren passte, hätte Maike beinahe genickt. Glücklicherweise konnte sie den Reflex unterdrücken und schüttelte den Kopf. »Nein danke.« So weit kam es noch, dass sie sich Tee von einer Giftmörderin einflößen ließ. Zweifellos einer der dämlichsten Todesfälle in den landesweiten Top Ten der Polizei.

»Sie?«, wollte sie von Martin wissen.

»Klar, schadet ja nicht so ein Tee«, sagte er leichthin.

Maike zog eine Braue in die Höhe. Er machte eine beschwichtigende Geste, wollte eindeutig nichts trinken. Andererseits lieferte ihnen die gute ›Claudia Sauer‹ womöglich direkt den nächsten Beweis. Und ein versuchter Polizistenmord würde sie ohne lange Verhandlung lebenslänglich hinter Gittern bringen.

»Schön haben Sie es hier«, sagte Maike und ergänzte: »Für Niederteerbacher Verhältnisse. Und sogar ein Fotolabor. Die Cyanotypien an der Wand sind ja etwas ganz Besonderes, Frau Sauer.« Den Namen betonte sie vielleicht einen Ticken zu stark.

Marianne Teltz wandte ihnen den Rücken zu, zog Kräuterdosen aus dem Regal und löffelte den Inhalt in den Wasserkessel. »Ich verstehe. Ich habe es befürchtet. Als sie vorgefahren sind, dachte ich es mir schon.«

Stille setzte ein. Martin musste niesen, wahrscheinlich der Zitronengeruch, und holte sie aus der Schockstarre, die Marianne Teltz ihnen verpasst hatte.

»Sie haben Lothar Albrecht umgebracht«, sagte Maike ebenso direkt. Marianne Teltz lachte auf. »Hätte er einfach endlich Ruhe gegeben, wäre das gar nicht nötig gewesen. Aber er war genau wie seine Frau, wusste nicht, wann es genug ist; wann man besser still ist.«

Mit etwas Glück wusste sie es ebenfalls nicht und plauderte sich alles von der Seele, hoffte Maike. Das geschah gar nicht so selten.

»Die Liste ist mittlerweile ganz schön lang«, warf Martin ein. »Damals in Hoheneck die Insassinnen, später Maximilian Vogel, dann Claudia Sauer. Alles gut durchdacht. Ich nehme an, die Blausäure stammt von Ihrem Vater?«

»Sie sind gut.« Marianne Teltz stellte die letzte Kräuterdose ins Regal zurück. »Mein Vater wusste noch, wie gut wir es haben. Nach dem Zweiten Weltkrieg sind sie doch überall untergekrochen, die verdammten Nazis. Aber nicht bei uns in der DDR. Das war eine Gemeinschaft! Dass meine Mutter bei dem Versuch, in den Westen zu fliehen, getötet wurde, hat er nie verwunden.« Jetzt wandte sie sich halb um und lächelte. »Als ich in Hoheneck anfing, war er so stolz. Sie glauben ja gar nicht, was für ein Gesocks dort einsaß. Unangepasste. Versuchte Republikflüchtlinge. Zersetzende Elemente.«

»Wie Irene Albrecht«, sagte Maike.

»Die war eine der Schlimmsten!« Teltz ballte die Fäuste, atmete aber schließlich wieder gemächlich ein und aus. »Diese Frau hat einfach nicht aufgehört. Hat ständig davon geredet, dass der sozialistische Gedanke von denen zerstört wird, die die freie Meinung unterdrücken. Und eines Tages –

das war kurz vor dem Fall des antikapitalistischen Schutzwalls – plauderte sie mit Claudia.«

»Claudia Sauer. Ihre Kollegin.«

»Wir kannten uns schon länger. Ich habe ihr damals die Stelle als Schließerin verschafft. Sie hat allerdings einmal eine Spritze in meinen Sachen gefunden, und ihr Verdacht war geweckt. Ich habe dafür gesorgt, dass Irene und die anderen Unangepassten Hoheneck nicht mehr lebend verlassen. Wenigstens das konnte ich noch für unsere sterbende Gemeinschaft tun.«

»Wie gnädig von ihnen«, konnte Maike sich nicht verkneifen.

»Und weil Claudia sie bereits verdächtigte, haben Sie Ihren Kollegen Maximilian Vogel als Zeugen auf den Totenscheinen angegeben?«, warf Martin schnell ein.

»Er war ein guter Freund und gehörte zur Stasi. Der hat nicht nachgefragt, wenn ich ihn um etwas gebeten habe. Natürlich benötigte ich seine Hilfe, um den Wechsel in den Westen vorzubereiten. Mir war doch klar, dass irgendwer quatscht.«

»Natürlich«, sagte Maike und schüttelte den Kopf. »Er hat ihnen die gefälschten Papiere besorgt, die Sie als Claudia Sauer ausweisen. Dann musste nur noch das Original weg.«

Teltz griff nach dem Gasfeuerzeug und hielt es an den Herd. Es knackte, als sie den Stärkeregler drückte und drehte. Die bläuliche Flamme brannte unter dem Wasserkessel. Klein und winzig.

»Claudia hat um ihr Leben gebettelt, aber ich weiß, dass ich ihr nie hätte trauen können. Es ist recht simpel, eine Wunde zuzufügen, die sich entzündet. Ein rostiges Messer tief ins ...«

»Zweifellos haben Sie das ganz fabelhaft gemacht«, sagte Maike. »Sie sind ein Genie.«

»Ich bin Patriotin«, gab Teltz kalt zurück. »Es wunderte mich keine Sekunde, dass Sie, als Vertreterin eines kapitalistischen Staates, das nicht begreifen.«

»Warum Maximilian Vogel?«, fragte Martin. »Ich kann nachvollziehen, warum sie Claudia Sauer umgebracht haben, schließlich benötigten sie ihre Identität. Aber weshalb er?«

»Er wusste alles«, antwortete sie. »Die Papiere, die Morde, die falsch abgezeichneten Unterlagen. Wir nutzten dafür die Unterschrift von Doktor Hoffmann, der glücklicherweise ohne mein Zutun einige Jahre nach seinem Wechsel zur Charité starb. Aber das letzte lose Ende war Maximilian.

Ich habe ihm einen Tee verabreicht, der ihn hinterm Steuer einschlafen ließ. Ich fuhr an einen steilen Abhang, stieg aus und ein kurzer Schubs genügte.«

»Wäre das dann der gleiche Tee, der gerade im Wasserkocher sprudelt?«, fragte Maike liebenswürdig.

Teltz lachte tatsächlich auf. »Also Frau Pech. Ich halte keinen von ihnen beiden für so dumm, etwas zu trinken, was ich anfertige. Aber das macht gar nichts.«

»Wie schön. Dann sind wir uns ja einig. Sie kamen also hierher nach Niederteerbach und alles war gut?«

»Deutschland ging vor die Hunde, aber ich lebte hier mein Leben. Durch einige alte Arbeiten meines Vaters konnte ich mir einen Grundstock aufbauen, und wie man Cyanotypien anfertigt, wusste ich ja. Was hat mich verraten?«

»Der Reiseführer«, sagte Maike.

Teltz presste die Lippen zusammen. »Dieses verdammte Ding. Es war eine Möglichkeit, schnell an Geld zu gelangen und die Arbeit meines Vaters zu ehren, indem ich die Bilder der Galerie für eine Ausstellung zur Verfügung stellte. Ein Foto wurde gemacht. Das habe ich stets vermieden, aber nicht damit gerechnet, dass es in einem Reiseführer landet. Außerdem liegt das alles jetzt so lange zurück.«

»Und so stand Lothar Albrecht eines Tages vor ihrer Tür?«, spann Maike den Faden weiter.

Vor dem Küchenfenster sah sie Zoe, die auf und ab schritt. Sie wirkte wütend, die Augen blitzten förmlich. Dazu hektische Gestik, die das Smartphone durchaus in den nächsten Sekunden durch die Luft befördern konnte.

Auf dem Herd erklang die erste Andeutung von kochendem Wasser. Die Flamme war viel zu klein eingestellt, sonst wäre es schneller gegangen.

»Er dachte natürlich zuerst, dass ich Claudia Sauer bin. Eine Schließerin, die hier ein neues Leben angefangen hat. Müller hat ihn wohl hierher gelotst.«

»Ein Wunder, dass der Gute noch lebt«, warf Maike ein.

»Ich hatte mir überlegt, ihm einen guten Wein nach Wörth zu schicken.« Teltz lächelte auf eine versonnene und irgendwie kranke Weise.

In dieser Frau war nichts Gutes. Sie mochte sich einreden, alles für einen ehrenwerten Zweck gemacht zu haben, doch sie war letztlich nur eine Psychopathin.

»Die haben Sie aber noch nicht abgeschickt?«, hakte Martin nach.

»Ich fürchte, nein«, sagte Teltz.

»Ja, so was Dummes.« Maike hatte genug davon, ihren Ärger zurückzuhalten. »Albrecht dachte also, dass sie Claudia Sauer sind, und wollte sich mit Ihnen treffen?«

»Ich habe die Spritze nur zur Sicherheit mitgenommen«, sagte Teltz. »In einem der Zimmer habe ich ein Fotolabor eingerichtet, in dem ich Bilder entwickeln und Cyanotypien herstellen kann.« Sie schnaubte. »Letztlich hätte ich Albrechts Suche auch mit ein paar Falschinformationen beenden können. Doch als er mich befragte, kam er immer stärker auf die Cyanotypien zu sprechen. Wieso ich diese überhaupt besessen hätte. Und es sei doch der Vater von Marianne gewesen, der das Fotoatelier geführt hat. Kurz gesagt: Ein paar Minuten später hätte er das Rätsel gelöst, dass ich nicht Claudia Sauer bin. Als er sich wegdrehte, habe ich mir also den Laschet geschnappt – diese Holzfigur – und habe damit zugeschlagen. Er hatte es verdient, auf die gleiche Art zu sterben, wie seine Frau, daher habe ich Blausäure injiziert. Aber mittendrin ist er wach geworden und hat gezappelt.«

»Also haben Sie noch einmal zugeschlagen.« Martin hustete. Mittlerweile stieg Dampf aus dem Wasserkocher auf. Da keine Kappe aufsaß, blieben sie wenigstens vom Pfeifen verschont. Teltz zog sich vom Herd zurück und stellte sich vor das geschlossene Fenster.

»Es wäre nicht mehr nötig gewesen. Aber das Risiko, dass er herumbrüllt, war zu groß. Da können schon wenige Sekunden den Unterschied machen. Man muss seine Opfer so lange ruhig halten oder in Sicherheit wiegen, bis es zu spät ist.«

Maike spürte ebenfalls einen Hustenreiz. »Und dann sind Sie durch den Notausgang aus der Pension Raibach geflüchtet.«

»Sie haben das Puzzle perfekt zusammengesetzt«, sagte Marianne Teltz.

»Und ja, die Scheune habe ich auch angezündet. Ich war allerdings schon dort, als Sie auftauchten. Gehört ja nicht viel dazu, diesen Schritt vorauszusehen. Also habe ich gewartet, dass Schloss wieder hingehängt und der Rest ...«

»... ist Geschichte. Danke für Ihr Geständnis, das wird es deutlich einfacher machen. Sie ... jetzt machen Sie doch mal ...« Ein plötzlicher Hustenanfall schüttelte Maike. »Dieser verdammte Scheunenbrand ... Jetzt machen sie doch mal diesen Kessel aus.«

Auch Marianne Teltz begann jetzt zu husten. »Wussten Sie eigentlich, dass man Blausäure verdampfen kann?«

Die Worte hingen in der Luft wie der Nachhall eines abgefeuerten Schusses.

Martin sprang auf, krümmte sich jedoch und ging hustend in die Knie. Marianne Teltz sog absichtlich tief die Luft ein, hustete und kippte um. Maike riss sich den Ärmel vors Gesicht. Sie taumelte, wollte den Wasserkocher vom Herd schieben. Doch der war plötzlich weit weg. Ihr Atem ging schwer, sie bekam keine Luft.

Ihr Körper entwickelte ein Eigenleben. Sie warf sich mit der Schulter nach vorne, traf den Wasserkocher. Dieser flog vom Herd und krachte zu Boden.

Die Verdampfung war gestoppt, doch die Blausäure hing noch immer in der Luft. Ein tödlicher, unsichtbarer Teppich, der jedes Leben erstickte.

Teltz hatte es geschafft.

Sie hatte ihre Opfer mit dem Reden so lange abgelenkt, bis es zu spät war.

Maike fragte sich, welchen Platz auf der Top-Ten-Liste der dämlichsten Todesfälle Martin und sie einnehmen würden.

15. Kapitel

Zoe spähte in den Hausflur, wo Martin und Maike soeben nach links abbogen. Sie wäre natürlich gerne dabei gewesen, doch die Textnachricht hatte gar nicht gut geklungen.

»So geht das gerade echt nicht«, erklang die Stimme von Mark, als die Verbindung endlich zustande kam.

»Was meinst du?«

»Ich habe dir gesagt, dass ich eine Deadline habe«, erklärte er. »Und du bleibst einfach über Nacht weg.«

»Aber es ging um Maike. Ich konnte sie doch nicht alleine lassen.«

»Meine Schwester wird auch ohne dich eine Nacht überleben«, sagte er verärgert. »Mein Redakteur will diesen Artikel bis morgen.«

»Aber du wolltest doch Ruhe.«

»Die habe ich aber nicht, wenn du über Nacht wegbleibst, die Zwillinge wach bleiben wollen, bis du zurück bist und Sarah abhaut, um Noah zu treffen.«

»Sie ist was?!« Zoe spürte Wut hochkochen, wusste aber nicht, ob diese sich gerade gegen Mark, ihre Tochter oder beide richtete.

»Tür abgeschlossen, Musik aufgedreht und abgezischt. Ich habe es nur gemerkt, weil ich nach unten wollte, um mir Getränkenachschub zu holen, und plötzlich dieser Song in der Playlist lief, den sie so hasst. Als sie den nicht beendet hat, wurde ich misstrauisch.«

Zoe spürte einen Stich in der Brust, sie hatte ein schlechtes Gewissens. Mark hielt ihr stets den Rücken frei, und sie hatte tatsächlich nicht mehr daran gedacht, dass die Deadline so nah war. »Es tut mir leid. Aber Maike ... wenn ihr etwas passiert wäre.«

Ein Seufzen erklang. »Ich weiß.« Die Wut in Marks Stimme verrauchte.

»Mir tut es auch leid. Ich wollte dich nicht anschreien ... aber dieser verdammte Artikel muss raus. Diesen Ausgleich brauche ich. Das Schreiben ist für mich wie deine ...«

»... sag es nicht.«

»Leichenschnippelei.«

Zoe konnte sein Grinsen durch die Leitung hören, er wusste genau, wie sehr sie diese Bezeichnung ärgerte. Es war doch ein wenig mehr, eine Obduktion durchzuführen. Aber sie schnappte nicht nach dem Köder.

»Ich weiß, dass eure Nerven blank liegen, wenn einer von euch beiden etwas passiert«, sagte Mark. »Nach allem, was damals geschehen ist. Vergiss nicht, dass ich die Wochen, die auf Billies Verschwinden folgten, dabei war. Aber das ist Jahre her. Und Maike hat sich ihren Job selbst ausgesucht.« Er machte eine Pause. »In der ersten Zeit habe ich täglich damit gerechnet, dass der Anruf kommt oder ein Kollege vor der Tür steht, um schlechte Nachrichten zu überbringen.«

Zoe spazierte vor dem Haus auf und ab. Hinter dem Küchenfenster sah sie Marianne Teltz am Herd stehen. Maike und Martin saßen am Tisch.

»Irgendwann habe ich dann für mich beschlossen, dass meine Schwester unverwüstlich ist! Die steckt auch einen Scheunenbrand weg. Glaub mir, Maike Pech geht nicht so schnell in die Knie.«

»Schon klar«, sagte Zoe. »Aber da ist trotzdem immer diese kleine Stimme, die mir zuflüstert, dass wir uns alle damals für unsterblich hielten. Und Billie ist jetzt fort.«

Noch heute träumte sie davon, dass ein Anruf eingehen würde. Billie sei irgendwo gefunden worden und habe lediglich nach einem Sturz das

Gedächtnis verloren. Am Ende ihres Traums standen Maike und Zoe vor einer Tür, die sich langsam öffnete. Dahinter wartete ihre beste Freundin, das Trio würde gleich wieder komplett sein. Hinter der Tür wogte ein gleißendes Licht, darin zu erkennen war eine dunkle Silhouette.

Sie tat einen Schritt über die Schwelle. An diesem Punkt erwachte Zoe stets mit einem Gefühl der Leere.

»Bist du noch da?«, fragte Mark.

»Anwesend und aufnahmebereit«, sagte sie und lächelte die trüben Gedanken beiseite. »Hat Sarah sich beruhigt?«

»Sie hasst uns alle und wir sind unfair und gemein und überhaupt, das Leben ist schrecklich. Ach ja, sobald sie volljährig ist, will sie sofort ausziehen. Und mit Noah um die Welt reisen. Seit dieser Ansprache habe ich nichts mehr von ihr gehört, außer ziemlich laute Musik.«

»Die Zwillinge?«, fragte Zoe.

»Schleichen am Zimmer ihrer Schwester vorbei, schauen kichernd durchs Schlüsselloch und flüchten dann.« Marks Stimme bekam einen müden Klang. »Wann kommst du? Ich habe im Institut angerufen, aber Mira sagte, dass Thomas deine Obduktion übernommen hat.«

»Ich bin hier noch bei einer Verhaftung dabei«, erklärte Zoe.

Gerade stellte sich Marianne Teltz ans Fenster ihrer Küche und blickte hinaus. Ihr Blick besaß etwas durchdringendes, etwas endgültiges. Nach wenigen Sekunden drehte sie sich wieder in den Raum, wodurch Zoe nur noch den kerzengeraden Rücken erkennen konnte, der in einen knochigen Hals überging.

»Bei einer Verhaftung?«, fragte Mark verblüfft. »Was hat das mit dir zu tun?«

»Früchte der Arbeit ernten und so«, sagte Zoe. »Aber sobald das erledigt ist, komme ich heim. Dann kannst du in Ruhe deinen Artikel fertigschreiben. Ich habe sowieso dermaßen viele Überstunden, dass ich mir mehrere Wochen frei nehmen könnte.«

»Das wäre doch mal eine Idee.«

Zoe bereute ihre Worte. »Was aber natürlich nicht geht, weil wir ja so viel zu tun haben.«

»Tote gibt es immer«, kam es von Mark. »Aber wenigstens haben wir ja bald unsere Reise nach Benin.«

Unweigerlich fragte sich Zoe, wer sich eigentlich mehr über diesen Flug freute. Es war *ihr* Vater, doch Mark schien bei dem Gedanken der Reise deutlich euphorischer.

Ihre langsamen Schritte führten sie erneut am Fenster vorbei. »Vielleicht sollten wir wirklich darüber nachdenken, Sarah bei Maike zu lassen. Wenn sie unbedingt ...« Ihre Stimme erstarb.

Die Küche war leer.

Hatte die Verhaftung bereits stattgefunden? Kamen sie gleich mit der überführten Marianne Teltz aus dem Haus?

»Was ist los?«, fragte Mark.

Zoe trat näher ans Fenster. Ihr Blut verwandelte sich in Eiswasser. Sie konnte Martin erkennen, der seitlich von dem Stuhl gekippt war. Maike lag neben dem Herd, der Wasserkocher einen guten Meter entfernt auf dem Boden.

Für eine Sekunde brannte sich das Bild in ihre Netzhaut ein. Die Zeit schien stillzustehen, die Geräusche waren fort – wie ausgeknipst. Es gab nur diesen Anblick mit all seinen gnadenlosen Eindrücken.

Dann, mit einem ebensolchen Ruck, lief die Zeit weiter.

»Hör mir jetzt genau zu. Du rufst den Rettungswagen und schickst ihn an folgende Adresse.« Sie nannte die Straße und die Hausnummer.

»Aber …«

»Keine Fragen, zuhören. Sie sollen sich auf drei, möglicherweise vier Vergiftungsopfer einstellen.« Der Wasserkocher verriet Zoe genug.

»Durchgeführt mit verdampftem Cyanid.«

»Heißt das …« Marks Stimme erstarb.

»Ich muss da rein und sie rausholen. Beeile dich. Ich liebe dich.«

»Ich liebe dich auch.«

Bevor Mark mehr sagen konnte, hatte Zoe aufgelegt. Sie zog ihre Jacke aus und warf diese direkt vor die Tür, um den Eingang weithin sichtbar zu markieren. Den Pulli riss sie sich förmlich vom Körper und hielt ihn sich vor den Mund. Im Hausflur war es kühl, sie rannte zur Wohnungstür von Marianne Teltz. Bereits hier draußen konnte sie den leicht sauren Mandelgeruch riechen, der von Zitrus überdeckt wurde. Die Frau hatte alles geplant.

Zoe eilte in die Wohnung und überprüfte im Lauf die Umgebung. Ein langer Gang führte zur Küche, lediglich eine seitlich abgehende Tür war geöffnet. Ihr Blick fiel auf die typischen Gegenstände eines Labors für Analogfotografie.

Zoe erreichte die Küche und band mit zwei schnellen Bewegungen die Ärmel des Pullovers hinter ihrem Kopf zusammen. Trotzdem nahm sie den Geruch des Cyanids nun durchdringend wahr.

Ein Blick auf Marianne Teltz sagte ihr, dass es bereits zu spät war.

Ohne zu zögern, packte Zoe zuerst Maike am Arm und schleifte sie vor die Küchentür. Die Küchenfliesen machten es ihr einfach, trotzdem wurde einmal mehr deutlich, dass bewusstlose Körper nicht mal im Vorbeigehen über die Schulter geworfen werden konnten.

Sie ging zurück in die Küche und packte Martin. Bereits jetzt musste Zoe husten. Es blieb kaum noch Zeit. Schnell schloss sie die Küchentür, damit die verdampfte Blausäure sich nicht weiter in der Wohnung ausbreiten konnte.

Gleichzeitig war ihr längst klar, dass die Krankenwagen zu spät eintreffen würden. Maike und Martin hatten viel mehr von dem Cyanid eingeatmet. Sie packte beide und zog sie panisch in Richtung Wohnungstür. Als das Fotolabor neben ihr auftauchte, zuckte sie zusammen.

Natürlich!

Um Cyanidopfer zu behandeln, wurde Natriumthiosulfat genutzt. Es wurde auch in der Analogfotografie als Fixiersalz verwendet. Zoe stürmte in das Labor und überflog die Dosen und Flaschen mit allen möglichen Substanzen.

Da!

Auf einer der Dosen stand in großen Buchstaben SODIUM THIOSULFATE. Im Inneren befanden sich winzige Kristalle. Zoe packte das Döschen und rannte wieder hinaus. Da jede Sekunde zählte, öffnete sie den Schraubverschluss und schüttete Maike einen Teil der Kristalle kurzerhand in den Mund.

Der Schluckreflex griff.

Gleiches tat sie bei Martin und abschließend zog sie den eigenen Pullover ein Stück hinunter und kippte ebenfalls etwas SODIUM THIOSULFATE in ihren Mund. Es schmeckte bitter, würde in ihrem Körper aber Thiocyanat bilden. Ein erster Schritt, um die Vergiftung zu behandeln, jedoch nicht mehr.

Sie riss Maike und Martin je an einem Arm die letzten Meter über die Schwelle in den Hausflur. Ein Tritt und der Schuh, der die Tür zur Wohnung blockierte, war weg. Sie verschloss den Eingang.

Durch den Flur ging es weiter ins Freie.

Erst hier riss sich Zoe endgültig den Pullover vom Gesicht. Tief saugte sie die Luft in ihre Lungen, hustete und japste. Der rationale Teil in ihrem Gehirn ging bereits die Symptome durch. Maike und Martin waren dem tödlichen Gas ausgesetzt gewesen, wenngleich es verdampft worden war. Wie viel Blausäure Marianne Teltz verdampfen ließ, war nicht klar. Vermutlich nicht allzu viel, sonst wäre längst alles zu spät gewesen. Auch die Wirkung hätte dann schneller eingesetzt.

Die Luftröhre würde trotzdem ein paar Verätzungen davongetragen haben, die Schleimhäute ebenfalls.

Wo blieb die verdammte Hilfe?

Und wirkte das SODIUM THIOSULFAT?

»Nein, nein, nein«, flüsterte Zoe und robbte zu Maike. »Komm schon, halte durch. Dir darf einfach nichts passieren. Ich kann doch nicht die Letzte von uns Dreien sein.«

Endlich erklangen in der Ferne die Sirenen von mindestens drei Krankenwagen. Sie näherten sich schnell. Durch tränenverschleierte Augen sah Zoe Gabi, die herbeigerannt kam. Natürlich, Mark hatte auch sie informiert.

Ein Blick auf das Küchenfenster rief Zoe das Bild der toten Marianne Teltz vor Augen. Wie sie dagelegen hatte, den Körper verkrümmt. Ein letzter Triumph im Tod. Das war es, was sie hatte haben wollen. Das Mittel ihrer Wahl, um Menschen zu ermorden, hatte in einem finalen Akt verhindert, dass sie selbst zur Insassin eines Gefängnisses geworden war.

Blaulicht zuckte nun ganz nah, sie konnte hören, wie Türen geöffnet wurden.

»Du hältst durch, ja.« Zoes Finger waren in Maikes Pulli verkrallt. »Wehe, ich muss deinem Bruder erklären, dass du dich hast umbringen lassen. Du bist doch unverwüstlich.«

Ihre Gedanken fuhren längst in der Kopfkino-Achterbahn. Sie konnte an nichts anderes mehr denken, und das Gefühl von Verlust, das sie so gut kannte, machte sich in ihr breit.

»Sie müssen loslassen«, erklang eine Stimme neben ihr. Sanfte Finger lösten die ihren von Maikes Pulli.

»Zoe Schwäfel«, sagte sie wie in Trance. »Mein Mann hat sie gerufen. Das ist Kriminalhauptkommissarin Maike Pech, sie wurde Opfer einer Cyanidvergiftung durch Verdampfung. Ich habe bereits SODIUM THIOSULFATE verabreicht, den Rest müssen Sie übernehmen.«

»Verstanden.« Es war ein junger Sanitäter, der sie zur Seite schob.

Sein Kollege begann bereits damit, Maike zu behandeln. Martin wurde soeben in einen Krankenwagen geladen, es waren tatsächlich drei gekommen, ein vierter näherte sich.

»Kriminalhauptkommissar Martin Seidel.« Sie nickte in dessen Richtung.

»In der Wohnung finden Sie Marianne Teltz, sie ist tot und Verursacherin der Vergiftung. Niemand darf dort hinein ohne entsprechende Schutzausrüstung.«

»Was ist mit Ihnen?«, kam es erneut sanft.

»Ebenfalls leichte Vergiftung. Ich habe die beiden aus der Wohnung gezogen.«

Eines der Teams wurde herbeigewunken. Im nächsten Augenblick lag Zoe auf einer der Bahren, eine Blutdruckmanschette am Arm. Einer der Ärzte leuchtete ihr in die Augen, ein anderer zog eine Spritze auf. An ihren linken Zeigefinger wurde ein Oxymeter befestigt, um den Blutsauerstoff zu bestimmen.

Gabi stand verloren an der Seite, das Entsetzen im Gesicht wie eingemeißelt. Mittlerweile waren die ersten Schaulustigen versammelt, die Tachmoiner, Harald ... und sie sah einen jungen Mann mit rot-blonden Locken aus einem Firmenwagen der Niederteerbacher Sargfabrik steigen.

Sie konnte nur hoffen, dass er keinen Sarg für sie anfertigen musste. Die Bahre wurde hochgehoben, es ruckelte. Dann lag sie im Krankenwagen.

16. Kapitel

Jemand hatte in Maikes Lunge ein Lagerfeuer angezündet, dessen Flammen die Luftröhre hinaufgeschossen waren. Sie stöhnte, lag auf einer weichen Matratze und öffnete blinzelnd die Augen.

»Dir geht es gut.« Ihr Bruder stand neben dem Bett. »Der Arzt war gerade da.«

»Wer sind Sie?«

Seine Augen weiteten sich, er setzte bereits dazu an, nach den Ärzten zu rufen.

»Schon gut, mir geht es bestens«, stoppte ihn Maike mit einer Stimme, die an Reibeisen garniert mit Schmirgelpapier erinnerte. »Du weißt doch, Unkraut vergeht nicht.«

»Bei Blausäure durchaus«, sagte er. »Wird auch als Unkrautvernichter eingesetzt.«

»Seit wann bist du so schlagfertig?«

»Traumatische Kindheit durch große Schwester.«

Maike lachte, was eine ziemlich dumme Idee war. Sofort musste sie wieder husten. »Wie geht es Martin?«

»Hustet im Nebenzimmer links.«

»Wo ist Zoe?« Normalerweise hätte Maike ihre beste Freundin am Krankenbett erwartet.

»Nebenzimmer rechts. Sie ist natürlich rein in die Wohnung und hat dich und Martin rausgezogen. Sie hat euch auch irgendein Zeug aus dem Fotolabor in den Hals gekippt. Das hat die Vergiftung neutralisiert. Weißt du eigentlich, was ihr für ein Glück hattet?! Zoe kam nach ein, zwei Minuten in die Wohnung und hat euch rausgeholt. Ein paar Minuten länger und ihr wärt tot gewesen. So tot wie diese verrückte Fotografin.«

»Wie geht es ihr?«

»Sag ich doch, tot.«

»Ich meine Zoe!«, rief Maike.

»Der geht's blendend«, erwiderte Mark. »Sie hat ja fast nichts von dem Zeug abbekommen und auch dieses Salz geschluckt. Nach zwei Stunden hier im Krankenhaus hat sie bereits angefangen, Thomas Nachrichten zu schicken. Er soll dies tun und das tun und überhaupt ist sie ab morgen wieder da – das kann sie sich allerdings sowas von abschminken.«

»Was hast du denn Mamma gesagt?«, fragte Maike.

»Was denkst du wohl? Nichts natürlich. Ein Notfall auf der Arbeit, den Rest darfst du übernehmen.« Was er mit einer gehörigen Portion Süffisanz sagte. »Sie passt auf die Zwillinge auf.«

Erst jetzt realisierte Maike, dass es vor dem Fenster tiefste Nacht war.

»Oh. Ich habe wohl länger geschlafen.«

»Wird jedenfalls Zeit, dass du aufwachst.« In der Tür stand Martin in einem feschen Krankenhauskittel.

»Danke, oh du geniale Maike Pech«, machte sie seine Stimme nach. »Du hast den Wasserkessel umgestoßen und uns damit das Leben gerettet.«

»Nur halb, der Rest kam von deiner Freundin.« Martin stakste breit grinsend zu ihr und setzte sich auf den Rand des Bettes.

Es schien ihn keine Sekunde zu stören, dass er nur einen hauchdünnen Kittel trug. Zugegeben, selbst darunter zeichnete sich sein durchtrainierter Körper ab. Es wäre ein Jammer darum gewesen.

»Sind wir in Köln?«, fragte Maike.

Ihr Bruder nickte. »Die haben euch hierhergebracht. Was ich natürlich erst erfahren habe, als ich schon fast in Niederteerbach war. Aber die haben dort gar kein Krankenhaus, kann das sein? Als ich hier ankam, stand eure Bürgermeisterin unten und wollte unbedingt vorgelassen werden.«

»Nicht dein Ernst!« Diese Frau schien es zu riechen, wenn irgendwo eine Chance auf gute Publicity bestand.

»Sie wurde knapp, aber deutlich aufgehalten und hat dafür prompt eine Pressekonferenz gegeben«, sagte Mark. »Über den Aufbau ihrer Sondereinheit – das bist du –, die gemeinsam mit der Rechtsmedizin – das wäre dann Zoe – in einem länderübergreifenden Einsatz – damit bist du gemeint, Martin – eine Giftmörderin zur Strecke gebracht hat.«

»Es fehlt echt nur noch, dass sie eine Krimiserie daraus macht, in dem Sie die Heldin ist«, sagte Maike. »›Graefe ermittelt‹, oder so.«

Im Türrahmen erschien Zoe. Dieses Mal nicht in eleganten Jeans und Pulli, sondern ebenfalls in der Krankenhausmarke. »Na, ihr seid ja auch schon wieder fit.« An ihren Mann gewandt ergänzte sie: »Du solltest mich doch rufen, wenn sie aufwacht.«

»Und du sollst schlafen.«

Beide hauchten sich einen liebevollen Kuss zu, was Maike dazu veranlasste Würgegeräusche zu machen – manchmal kam der Teenie in ihr zum Vorschein. Leider war ihre Luftröhre so gereizt, dass daraus ein Hustenfall und echtes Würgen folgte. Mark grinste und sein Blick sagte: Geschieht dir recht.

Zoe kam herüber und setzte sich auf die andere Seite von Maikes Bett. Der Regen prasselte gegen die Scheiben, das Licht war gedimmt – wobei das wohl eher der alten Deckenleuchte geschuldet war, gänzlich ohne atmosphärische Absicht – und Maike kuschelte sich tiefer in die Krankenhausdecke.

»War es wirklich so knapp?«, wollte sie von Zoe wissen.

»So knapp wie nie zuvor«, bestätigte diese. »Eine Minute später oder ohne SODIUM THIOSULFAT und ihr beiden wärt nicht mehr aufgewacht. Diese schreckliche Frau hat das richtig gut geplant.«

Maike ergriff Zoes Hand. »Danke.«

»Immer doch.«

»Willst du Zoe nicht auch ewige Dankbarkeit schwören«, fragte sie an Martin gewandt.

»Schon geschehen.« Er winkte ab. »Wir waren schließlich schon länger wach. Du weißt, bessere Kondition und so.«

»Warum hast du ihn noch mal dort rausgezogen?«, fragte Maike ihre beste Freundin.

Diese gab ihr prompt einen Klaps. »Zu früh für den Pech'schen Humor.«

»Na gut.« Maike gab auf und wechselte wieder zum eigentlichen Thema.

»Ich habe mich anfangs gewundert, weshalb sie beim Gasherd die Flamme auf kleinste Stärke stellt. Dadurch dauert es viel länger, bis das Wasser kocht. Aber sie wollte wohl, dass wir die ganze Geschichte auch schön noch mal hören und sie uns ihren Triumph ins Gesicht schmettern kann.«

»Dieser verdammte Zitrusgeruch war aber auch so durchdringend, dass ich nichts von den Bittermandeln gerochen habe«, sagte Martin.

»Ging mir ebenso. Und sie hat ja extra Kräuter in den Wasserkocher getan. Ich habe noch überlegt, wieso sie das überhaupt tut. Ne seltsame Art, Tee zu machen«, sagte Maike. »Aber das hat sich damit geklärt.«

»Wenn du die Tür nicht aufgelassen hättest, wäre ich gar nicht zu euch reingekommen«, merkte Zoe an.

»Dann können wir ja von Glück reden, dass ihr beiden noch telefoniert habt«, sagte Maike.

»Ha!«, kam es von Mark. »Letztlich habe *ich* durch meinen Anruf euer Leben gerettet.«

»Also das ist jetzt eine sehr weite Interpretation, Bruderherz. Worüber habt ihr überhaupt gesprochen?«

»Familienzeug«, sagten Zoe und Mark gleichzeitig.

Anders gesagt: Sie wollte es auch gar nicht wissen. Sperrzone.

Mögliches Gefahrengut. In Streitigkeiten hielt Maike sich grundsätzlich raus, wenn auch mit einem leichten Vorteil für Zoe.

»Dein Chef war bereits hier«, sagte Mark in die einsetzende Stille. »Jens Laune war echt explosiv. Hat irgendwas davon gesagt, dass kaum, dass du hier bist, die ganze Polizeiwache von Niederteerbach im Krankenhaus landet.«

»Also das ist jetzt ja überhaupt nicht wahr«, stellte Maike klar. »Die Gabi ist immer noch auf der Wache. Nur der Rest nicht. Ist Lukas auch noch hier?«

»Drei Zimmer weiter links«, sagte Mark. »Ich bin mittlerweile ein lebendes Auskunftsverzeichnis der ›Sondereinsatzgruppe Niederteerbach‹ im Krankenhaus.«

»Da hatte Lukas auf jeden Fall Glück«, kam es von Martin. »Wenn er die Rauchvergiftung nicht bekommen hätte, wäre er wohl auch dabei gewesen. Und dann direkt wieder hier gelandet.«

»Da hatten wir wohl alle gewaltiges Glück«, sagte Zoe. Auf dem Gang näherten sich Schritte.

»... längst über die Öffnungszeiten. Auch eine Klinik hat Vorschriften.« Lukas schien sich gegen etwas oder jemanden zu wehren.

»Kommt ja gar nicht infrage«, erklang Gabis Stimme. »Schließlich kann ich erst nach den Dienstzeiten hierherfahren. Und ich lasse doch meine Niederteerbacher nicht alleine. Schrecklich sah das aus, wie die Maike da auf der Straße lag. Und die arme Zoe. Und der Berliner mittendrin. Wo liegen sie denn jetzt?«

Beide blieben vor der Tür stehen und lugten hinein. Lukas in einem Krankenhaushemd, Gabi in ihrer Uniform.

»Na sowas, noch im Dienst?«, rief Maike.

»Ist sie nicht«, stellte Lukas klar. »Aber damit sie nach der Besuchszeit noch reindarf, hat sie die Uniform anbehalten.«

Sein Ton hatte etwas Anklagendes.

Doch Maikes Blick war voll und ganz auf die braunen Papiertüten mit der Aufschrift ›Harrys Fressoase‹ gerichtet, aus denen ein bekannter Duft emporstieg.

»Du bist ein Engel«, sagte Marin.

Gabi errötete dezent. »Ach was. Das ist doch selbstverständlich. Ich lasse euch wohl kaum verhungern. Und diesen Krankenhausfraß kann kein Mensch essen. Das ist so ungesund. Ich habe für jeden eine Currywurst mit Pommes dabei. Ketchup, Senf, Mayo, was das Herz begehrt. Nur bei dem Kölsch habe ich lieber verzichtet. Wer weiß, was das anrichten kann mit der Blausäure und so.«

»Heilen«, stellte Maike klar. »Kölsch ist ein Wundermittel. Man kann Wunden damit desinfizieren, innerlich und äußerlich. Beim nächsten Mal einfach mitbringen.«

Die braunen Papierverpackungen der Fressoase wurden verteilt. Minuten später saßen sie auf den

Krankenhausbetten und Maike genoss den Geschmack von Currywurst und Pommes mit Ketchup. Den unterschwelligen Mandelgeschmack bildete sie sich vermutlich nur ein. Unweigerlich dachte sie an ihre Lieblingssüßigkeit.

Zuhause und im Büro gab es da diese Schublade, in der sich das Marzipan in den unterschiedlichsten Variationen stapelte; Pralinen und überzogen mit Schokolade. Bedauerlicherweise war das Gute daran der Mandelgeschmack, der vom Zucker getragen wurde. Was, wenn sie ein Marzipantrauma behielt?

»Warum schaust du denn so entsetzt?«, fragte Martin zwischen zwei Bissen.

»Ach, ich hatte nur gehofft, dass wir Marianne Teltz vor Gericht stellen können«, improvisierte sie schnell, was allerdings nicht gelogen war. »Sie ist mir zu leicht davongekommen.«

»Zu leicht?« Martin starrte sie entgeistert an. »Spüren wir gerade dasselbe Brennen in der Kehle? Wir werden noch tagelang Schmerzen haben. Sie ist ziemlich übel dahingeschieden, wenn du mich fragst.«

»Trotzdem hat sie ihr Leben in Freiheit gelebt und am Ende die Flucht angetreten«, gab Maike zu bedenken. »Und das, nachdem sie so viel Unheil angerichtet hat.«

Unweigerlich musste sie an Irene und Lothar Albrecht denken. Wie sehr hatte dieser Mann seine Frau geliebt, um noch über dreißig Jahre später ihre Mörderin zu suchen. Am Ende hatte es ihn alles gekostet, dafür aber auch den Abgang für Marianne Teltz eingeleitet.

»Und unser Archiv hat sie zerstört«, merkte Lukas mampfend an. »Das geht gar nicht. Was wir da alles verloren haben. Die ganzen Akten.« Gabi nickte eifrig. »Polizeiball 2008, eine Legende. Ich habe mit Harald bis tief in die Nacht eine flotte Sohle aufs Parkett gelegt. All die Bilder.«

»Zweifellos historisch wertvoll«, sagte Maike.

»Eben.« Gabi schob sich ein weiteres Stück Currywurst in den Mund.

»Das ist doch alles unersetzbar.«

»Und vergessen wir nebenbei nicht die alten Fallakten«, warf Maike hinterher.

»Die natürlich auch.« Gabi räusperte sich. »Die Frau Graefe will ja jetzt ein ganz neues Archiv aufbauen. Nach modernsten Standards. Alles digital. Dann gibt man nur noch eine Nummer ein und so ein Automat holt die Kisten aus dem entsprechenden Regal.«

Maike traute es der umtriebigen Bürgermeisterin sogar zu, dass ihr das gelang. Der Fall Marianne Teltz würde es in die landesweiten Nachrichten schaffen. Da konnte man schon mal irgendeinen Landesminister daran erinnern, wer das möglich gemacht hatte.

»Ich hätte ja nix gegen ein neues Archiv«, hörte sie sich selbst sagen.

»Und da kann unser Lukas persönlich darauf achten, dass jede einzelne Brandschutzvorschrift eingehalten wird.«

»Jetzt wirklich?« Lukas strahlte, worauf ein Currywurst-Happen vom Holzstäbchen auf sein Krankenhaushemd fiel und eine Ketchup-Spur hinterließ. Doch er schien es gar nicht zu bemerken. »Also das wäre ja nett. Ich müsste vorher mal recherchieren, was da so der aktuelle Stand ist. Ändert sich ja immer mal wieder was. Aber das kann ich morgen erledigen.«

»Ein wenig Zeit wird unsere Bürgermeisterin dann doch noch brauchen, bevor es losgeht.« Maike dachte kurz über ihre Worte nach. »Oder?« Die Frage ging in die Runde, aber niemand konnte oder wollte so recht darauf antworten.

Sie aßen schweigend zu Ende und irgendwann verabschiedete sich Gabi, die auf dem Weg Lukas zu seinem Zimmer brachte. Mark schnappte sich Zoe und sie zogen ebenfalls ab, allerdings nach links. Sie wollte gar nicht wissen, wie die beiden sich noch verabschiedeten.

Martin richtete sich ächzend auf, streckte sich einmal und ließ dabei seine Gelenke knacken. Ja, auch an ihm nagte der Zahn der Zeit.

»Also dann, wir sehen uns beim Frühstück.« Er ging mit dem typischen Grinsen hinaus und löschte das Licht.

In der Dunkelheit lauschte Maike den Regentropfen am Fenster und war dankbar dafür, mit dem Leben davongekommen zu sein. Zoe hatte es nicht erwähnt, doch sie konnte sich vorstellen, was ihre beste Freundin für Ängste ausgestanden haben musste.

Eine Giftmischerin und Mehrfachmörderin mitten in Niederteerbach. In diesem Ort war einfach alles möglich.

Epilog

Es war der erste Tag, an dem die Sonne hinter den Wolken hervorkam und der Regen endlich eine Pause machte. Maike hielt auf dem Parkplatz und stellte den Motor ab.

»Guten Rückflug.«

Martin saß auf dem Beifahrersitz, löste den Gurt und schaute zu ihr herüber. »Die Kollegen werden Augen machen, wenn ich das erzähle.« Sie hatten zwei Tage im Krankenhaus verbracht und waren schließlich entlassen worden. Mittlerweile hatten drei überregionale Zeitungen über den Fall Marianne Teltz berichtet und dabei sogar Maike, Zoe und Martin erwähnt.

»Das meiste werden sie schon wissen«, sagte sie. »Jens hat den Bericht doch sofort weitergeleitet.«

»Wenn das mal nicht nach Beförderung ruft.«

»Oder Versetzung?«

»Kommt gar nicht infrage«, sagte er. »Ich fühle mich in Berlin ganz wohl. Warum bist du eigentlich geflüchtet?«

»Persönliche Gründe.«

»Soso.« Martin blickte sie lange und schweigend an. »Und dass dein Chef alle Hebel in Bewegung gesetzt hat, damit du die Stelle in Niederteerbach bekommst, war ein Freundschaftsdienst?«

»Im weitesten Sinne kann man das wohl so sagen.«

Er wusste, dass sie ihm etwas verschwieg. Und Maike wusste, dass er es wusste.

»Also gut, Frau Pech, dann sollte ich langsam mal gehen.«

»Fliegen«, korrigierte sie.

»Das auch. Aber vielleicht bist du ja mal wieder in Berlin und sagst hallo?«

»Es gibt Telefone. Und Textmessenger.

Das Hallo-Sagen geht heute einfacher. Du weißt schon ...«

»Hochzivilisation, schon klar.«

Sie grinsten einander an und Maike konnte spüren, wie die Luft zwischen ihnen vibrierte. Da war dieses Prickeln, ein Aufblitzen von dem, was sein könnte.

»Dann stell dich schon mal auf meinen Anruf ein.«

»Ich bitte darum.« Martin öffnete die Tür, stieg aus und schloss sie hinter sich. Langsam ging er davon. Maike genoss den Anblick noch eine Weile. Vor der sich öffnenden Eingangstür blieb er stehen, drehte sich um und winkte ihr zu.

Dann war er fort.

Der Wagen wirkte mit einem Mal viel zu leer. Sie startete den Motor und verließ den Flughafen. Ihrem Hals ging es langsam wieder besser.

Ihre Mutter hatte Maike abgepackte Flohsamenschalen aufgezwungen, die in Wasser aufgelöst getrunken wurden. Das half ihrer Meinung nach. Außerdem trank sie literweise Kamillentee. Einfach scheußlich.

Der Marzipantest hatte ergeben, dass ihr der Appetit darauf nicht vergangen war. Sie hatte Zoe ebenfalls ein Stück angeboten, aber die hatte mit angeekeltem Gesicht abgelehnt. Was vermutlich daran lag, dass sie die beste Süßigkeit der Welt grundsätzlich nicht mochte.

Es war also irgendwie alles beim Alten.

Sie erreichte Niederteerbach und stellte den Wagen auf dem Parkplatz vor dem Rathaus ab. Lukas und Gabi waren bereits eifrig in ein Gespräch vertieft, als Maike die Wache betrat.

»Wichtige Themen?«, fragte sie.

»Es geht um die Brandvorschriften«, sagte Lukas. »Ich habe mir das Ganze jetzt mal angesehen und muss schon sagen, dass wir hier im Büro da gar nicht gut aufgestellt sind.«

»Ach herrje«, sagte Maike.

»Sie sehen das also auch als Problem«, fühlte Lukas sich bestätigt. »Was können wir denn da tun?«

»Ja, also, wir eigentlich gar nichts«, erklärte Maike. »Da müsste Frau Graefe an ihre Pflicht erinnert werden.«

»Oh.« Lukas wirkte mit einem Mal unglücklich.

»Ich überlasse das Ihren fähigen Händen.«

Fröhlich pfeifend trat Maike wieder auf den Gang und von dort in ihr Büro. Auf dem Tisch lag ein Berliner. Das Teigteilchen, nicht die Variante auf zwei Beinen, die vermutlich längst im Flugzeug saß. Mit einem Lächeln rief sie: »Danke!«

»Ich habe doch gesagt, sie freut sich über was Süßes«, erklang Gabis Stimme durch die dünne Wand.

Zufrieden biss Maike in den Berliner. Dieses Mal ganz ohne Marmeladendesaster.

In Niederteerbach war eben alles möglich.

Ende